악의
꽃

악의 꽃

초판 1쇄 인쇄 · 2022년 8월 26일
초판 1쇄 발행 · 2022년 9월 5일

지은이 · 샤를 보들레르
옮긴이 · 유혜림
펴낸이 · 한봉숙
펴낸곳 · 푸른사상사

편집 · 지순이 | 교정 · 김수란, 노현정 | 마케팅 · 한정규
등록 · 1999년 7월 8일 제2-2876호
주소 · 경기도 파주시 회동길(서패동) 337-16
대표전화 · 031) 955-9111(2) | 팩시밀리 · 031) 955-9114
이메일 · prun21c@hanmail.net
홈페이지 · http://www.prun21c.com

ISBN 979-11-308-1941-9 03860
값 36,000원

Les Fleurs du Mal

Charles Baudelaire

샤를 보들레르

유혜림 옮김

우울과 이상

파리 풍경

술

악의 꽃

반항

죽음

악의 꽃

(1868년, 세 번째 출판본에 실린 시들)

표류물

완전무결한 시인

프랑스 문학의 완벽한 마술사

가장 소중하고 가장 숭배하는

나의 스승이자 친구

테오필 고티에에게

지극히 겸허한 마음으로

나는 이 병든 꽃들을 바친다

C. B.

■ 일러두기

1. 이 번역본은 1975년 발행된 보들레르 전집의 1983년판을 사용했다. 보들레르가 『악의 꽃』에 넣지 않았던 시들도 들어 있어서 뒤쪽으로 가면 시인의 일관된 시상이 산만해지는 느낌도 있었지만 그의 다양한 생각들을 접한다는 점에서 오히려 시인의 엄청난 노력과 에너지를 느낄 수 있었다. 마지막 「익살(Bouffonneries)」 부분의 시 3편은 정말 앞의 시들과는 연결되지도 않고 『악의 꽃』의 전체적인 의미에 부합되지 않는 것 같아 이 번역본에서는 제외했다.
2. 시에서 대문자로 쓰인 단어는 굵은 글씨로 표시했다. 원문에 이탤릭체로 쓰인 것은 기울임체로 표시했다.
3. 프랑스어에서 운율과 리듬이 중요한 만큼 원문의 느낌을 살리려고 노력했다. 그리고 문장 중에 거북하리만치 et(그리고)가 많이 들어간 경우도 시인의 의도를 살려서 가능한 한 그대로 썼다.

독자에게

AU LECTEUR

어리석음, 잘못, 죄악, 그리고 인색함은,
우리 정신에 살면서 우리 몸을 괴롭히고,
우린 마치 거지가 벼룩을 키우듯이,
우리의 친절한 회한을 먹이는구나.

우리의 죄는 고집스럽고, 우리의 회개는 느슨하니;
우리는 고백의 값을 후하게 받고,
비루한 눈물로 우리의 모든 오점들을 씻는다고 믿으며,
더러운 길로 즐겁게 돌아가는구나.

악의 베개 위에서 매혹된 우리의 정신을
오래도록 흔들어 재우는 것은 **사탄 트리스메지스트**[1]다,
우리의 의지인 풍부한 금속은
이 박식한 화학자의 손에 모두 사라져버렸구나.

---

1 트리스메지스트 : 헤르메스 트리스메지스트(Hermes Trismegiste). 그리스의 플라톤 학파 학자들이 이집트의 신 토트(Thot)와 그리스의 신 헤르메스(Hermes)를 동일시하여 붙인 이름.

우리를 움직이는 끈을 쥐고 있는 것은 **악마다**!
우리는 역겨운 대상들에게서 매력을 발견하고;
악취를 풍기는 어둠을 통해, 두려움도 없이,
날마다 **지옥**으로 한 걸음씩 내려가는구나.

늙은 창녀의 학대받은 가슴을
물고 입 맞추는 가난한 난봉꾼처럼,
우리는 지나는 길에 은밀한 쾌락을 훔쳐서,
시든 오렌지처럼 짓눌러 짜는구나.

무수한 기생충처럼, 밀집해, 우글거리는,
수많은 마귀들이 우리 머릿속에서는 폭식을 하고,
우리가 숨을 쉴 때, 보이지 않는 강, **죽음**이
소리 없는 탄식과 함께 우리의 폐 속으로 내려가는구나.

강간이나, 독, 단검, 화재가
그 익살스런 구상으로, 비참한 우리 운명의
시시한 화폭을 아직 덧칠하지 못했다면,
아아! 그것은 우리 영혼이 충분히 담대하지 못하다는 거다.

그러나, 재칼, 표범, 사냥개,
원숭이, 전갈, 독수리, 뱀 가운데,
우리 악덕으로 비열한 동물원에서,
소리 지르고, 울부짖고, 으르렁거리고, 기어다니는 괴물들 가운데,

더 더럽고, 더 못되고, 더 추잡한 것이 하나 있으니!
그것이 커다란 몸짓이나, 큰 소리를 내지 않는다 할지라도
기꺼이 땅을 조각낼 것이고
하품 한 번에 세상을 삼켜버릴 것이니;

그것은 **권태**[2]**다!** – 의지와는 상관없이 흐른 눈물이 글썽한 눈으로,
담뱃대[3]를 빨며 단두대를 꿈꾸는 것이니,
독자여, 너는 알고 있구나, 이 까다로운 괴물을,
– 위선적인 독자, – 나의 동류, – 나의 형제여![4]

2 권태 : 하품 한 번에 세상을 삼켜버리고 별로 큰 소리나 커다란 몸짓을 하지 않아도 세상을 조각 낼 만한 것이 권태라고 시인은 말한다. 이것은 시인의 산문시 「가난한 사람들을 때리자(Assomons les pauvres)」에서 몇 날 며칠을 집에 틀어박혀 가난한 사람들에게 그들이 전생에 왕이었다고 하는 우울한 책들만을 읽다가 뛰쳐나온 시인이 가난한 사람을 만나자 분노로 그를 때리고 똑같은 정도로 그에게 맞고 난 후에, 그 거지를 자신의 형제라고 부르며 지갑을 나눈 장면을 참고하면 이해할 수 있겠다.

3 담뱃대 : 원문에서는 houka. 페르시아나 인도 사람들이 사용하는 물담뱃대.

4 시인은 자신과 같은 성향을 지닌 독자만이 자신의 시를 가장 잘 이해할 수 있는 진정한 '독자'라고 생각한 것 같다. '위선적'이란 의미에 대해서는 『악의 꽃』의 시들을 다 읽었을 때쯤 그 의미를 파악할 수 있을 것이다.

보들레르 자화상, 1848

우울과 이상

SPLEEN ET IDÉAL

〈가면〉, 에르네스트 크리스토프(55쪽)

축복

BÉNÉDICTION

천상의 지배자의 뜻에 의해,
이 권태로운 세상에 **시인**이 태어날 때,
그 어머니는 겁에 질리고 불경한 마음으로 가득해서
그녀를 측은하게 여기는 **신**을 향해 주먹을 불끈 쥔다:

—"아! 이 조롱거리를 키우느니 차라리
독사 뭉치를 낳았더라면!
내 배가 속죄를 품었던[1]
일시적인 쾌락의 밤에 저주가 있기를!

내 서글픈 남편의 혐오거리로
모든 여인들 가운데서 당신이 나를 선택한 이상,
그리고 이 왜소한 괴물을 마치 연애편지처럼
불길 속에 내던질 수도 없으니,

나는 당신의 심술로 저주받은 이 괴짜에게,

---

1 아담과 이브가 선악과를 따 먹은 죄에 대한 벌로, 여자는 아이 낳고 키우는 수고를 겪으며 남자를 바라고 다스려질 것이고, 남자는 평생 수고하여야 땅의 소산을 먹으리라 한 것과 일치한다.

나를 짓누르는 당신의 증오가 이르게 하리라,
그리고 이 비참한 나무를 비틀어
악취 풍기는 새싹이 돋아날 수 없게 하리라!"

그녀는 이렇게 자신의 증오의 거품을 삼키고,
영원한 신의 섭리를 이해하지 못한 채,
그녀 스스로 **지옥**의 깊은 곳에
모성의 죄를 다스릴 화형대를 준비한다.

그렇지만, **천사**의 보이지 않는 보호 아래,
불우한 아이는 태양에 취하고,
그가 먹고 마시는 모든 것에서
신들의 양식과 진홍빛 신주를 발견한다.

그는 바람과 놀고, 구름과 이야기하고,
노래하면서 십자가의 길에 취한다;
그리고 순례의 길에서 그를 따르는 **성령**은
숲의 새처럼 기쁜 그를 보고 눈물짓는다.

그가 사랑하길 원하는 모든 사람들은 두려워하며 그를 관찰하거나,
혹은 그의 평온함에 담대해져서,
그에게서 불평을 끌어낼 줄 아는 사람을 찾아서,
그를 상대로 그들의 잔혹함을 시험한다,

그의 입에 들어갈 빵과 술에
그들은 더러운 침과 함께 재를 섞는다;
그가 손대는 것을 위선으로 팽개치고,
그의 발자국에 그들의 발을 놓았던 것을 자책한다.[2]

그의 아내는 광장에 나와 소리친다.
“그가 나를 예쁘다고 생각해 나를 열렬히 사랑하니,
나는 고대의 우상들로 직업을 삼겠다.
그러면 나는 우상들처럼 다시 금박칠을 하고 싶다;

그리고 나는 감송, 향, 몰약,
아첨, 고기 그리고 술에 취하리라,
나에게 경탄하는 마음에서
내가 웃으면서 신에 대한 경의를 찬탈할 수 있는지 알기 위하여!

그리고, 내가 이 불경한 익살극에 지루해질 때쯤,
나는 나의 연약하고도 강한 손을 그이에게 얹으리라
그러면 큰 수리의 발톱과도 같은 내 손톱은,
그의 심장까지 길을 낼 줄 알게 되리라.

---

2 성경은 하나님을 진정으로 믿는 사람에게는 그 증표가 따른다고 한다. 하나님을 사랑하는 사람을 사람들이 미워한다는 것이다. 앞 연과 이 연에서는 사람들이 시인을 미워하는 것을 표현했다.

나는 그의 가슴에서 떨면서 팔딱거리는
아주 어린 새 같은, 이 붉디붉은 심장을[3] 뽑아버리리라,
그러고 나서, 내가 좋아하는 짐승을 배불리 먹이기 위해,
나는 멸시하듯 그것을 땅바닥에 내팽개치리라!"

그의 눈에 찬란한 보좌가 보이는 **하늘**을 향해,
평온한 **시인**은 경건한 팔을 들어올린다,
그러면 명석한 그의 정신에서 거대한 섬광이 뿜어져
그에게 분노한 사람들의[4] 모습을 감춰준다:

–"찬양을 받으소서! 나의 **하나님**께서 주시는 고통은
불순한 우리에게 신성한 약과도 같고
강한 사람들을 성스러운 관능에 대비하게 하는
가장 훌륭하고 가장 순수한 본질과도 같으니.

나는 당신이 **시인**을 위해
천군의 성스러운 반열에 한 자리 남겨두어
그를 **좌천사**[5]와 **역천사**[6] 그리고 **주천사**[7]의

---

3 심장 : 역자는 이것을 사랑의 의미로 해석한다.
4 분노한 사람들 : 앞선 연에서 시인의 아내가 시인의 심장을 뽑아 짐승들에게 줄 때, 다시 말해서 시인이 사랑을 그들에게 표현할 때 사람들이 분노한다는 의미로 보아야 한다. 예수가 사람들에게 사랑을 전했을 때 사람들이 분노했던 것처럼.
5 좌천사 : 천사의 9계급 중 제3위. 좌품천사.
6 역천사 : 천사의 9계급 중 제5위. 역품천사.
7 주천사 : 천사의 9계급 중 제4위. 주품천사.

영원한 축제에 초대한 것을 압니다.

나는 고통이 지상과 지옥이 결코 물어뜯을 수 없는
유일하게 고귀한 것임을 압니다,
그리고 나의 신비한 왕관을 짜기 위해서는 모든 시대와
온 우주가 필요하다는 것을 압니다.

그러나 당신의 손으로 꾸며진 고대 팔미라의
잃어버린 보석과, 알려지지 않은 금속과, 바다의 진주도
눈부시게 빛나는 이 아름다운 왕관에는
어울리지 않을 것입니다;

왜냐하면 왕관은 원초의 광선으로 이루어진, 성스러운 화로에서
길어 올린 순수한 빛으로만 만들어질 뿐이기에,
그리고 사람들의 눈은 그 전폭적인 광채 속에서,
어두워진 애처로운 거울일 뿐이기 때문입니다!"[8]

8 이 시에는 시인의 어머니, 아내, 그리고 마지막에 시인 본인이 등장한다. 태어날 때부터 저주받은 시인은 어머니와 사람들로부터 형용할 수 없는 고통을 당한다. 그래도 시인은 신께 경건한 모습으로 신성한 고통을 주심에 감사하고, 시인으로서 거룩한 광원에서 길어 올린 순수한 빛으로만 만든 눈부시고 아름다운 왕관을 만드는 일에 헌신한다.

알바트로스[9]

L'ALBATROS

깊은 바다 위로 미끄러지는 배를 따라가는
여행의 게으른 동반자,
커다란 바닷새, 알바트로스를
선원들은 재미 삼아 잡곤 한다.

선원들이 갑판 위에 그것들을 내려놓자마자,
이 창공의 왕은 어설프고 수치스러워져서
커다랗고 흰 날개를 마치 질질 끄는 노처럼,
옆구리에 불쌍하게 내려놓는다.

날개 달린 이 여행자는, 얼마나 어색하고 무기력한지!
이전에 그렇게 아름다웠던 것이 이렇게 우스꽝스럽고 추해지다니!
한 선원은 담배 파이프로 주둥이를 성가시게 하고,
또 다른 이는 다리를 절며, 날아다녔던 불구자 흉내를 내는구나!

시인은 폭풍우를 누비고, 사수를 비웃는

---

9 저주받은 시인이라 일컬었던 시인의 모습이 알바트로스라는 거대한 새가 지상에 떨어졌을 때의 모습에 비유되어 있다.

이 구름의 왕자와도 같다;
야유 소리 가운데 지상으로 추방되었기에,
그의 커다란 날개는 걷는 데 방해만 되는구나.

상승

ÉLÉVATION

연못 위로, 계곡 위로,
산, 숲, 구름, 바다 위로,
태양의 저쪽, 대기의 저쪽,
별이 반짝이는 영역의 경계를 넘어서,

나의 정신, 너는 가볍게 움직여,[10]
파도 속에 황홀해하는 행복한 수영선수처럼,
말로 다할 수 없는 힘찬 관능에 겨워
깊은 무한을 기쁘게 누비고 다니는구나.

병적인 역한 냄새로부터 아주 멀리 날아올라라;
가장 높은 대기 속에서 너를 정화하고,
순수하고 신성한 액체처럼,
투명한 공간을 채우고 있는 밝은 불을 마셔라.

안개 낀 듯 모호한 존재를 묵직하게 짓누르는
권태와 거대한 슬픔 뒤로,

10 '나의 정신'을 '너'로 의인화했다.

빛나고 평온한 들판을 향해 힘찬 날개로
돌진할 수 있는 자는 행복하여라;

종달새처럼 매일 아침마다 그 생각이
하늘을 향해 자유로이 날아오르는 자는,
—삶을 관조하며, 별다른 노력을 하지 않아도
말없는 사물들과 꽃들의 언어를 이해한다!

교감[11]

CORRESPONDANCES

자연은 이따금 살아 있는 기둥 사이로
혼동된 말[12]들이 새어나오는 사원이다;
인간은 친숙한 시선으로 그를 관찰하는
상징의 숲을 통해서 그곳을 지나간다.[13]

밤처럼 그리고 빛처럼 광대하고,
어둡고도 깊이 있는 일치 속에,
멀리서 뒤섞이는 긴 메아리처럼,
향기와 색채 그리고 소리가 서로 화답한다.

그것은 어린아이들의 살결처럼 신선하고
오보에처럼 부드럽고, 초원처럼 푸른 향기들,
—그런데 부패하고 풍성하고 의기양양한 다른 향기들이,

---

11 4 · 4 · 3 · 3의 14행으로 된 소네트 형식의 정형시다.

12 공감각에 의해 사물들과 교감하고 공간이 열리는 것을 잘 보여주는 시이다. '혼동된 말'은 신선하고 부드럽고 푸른 향기가 있는 반면 부패하고 풍성한 향이 정신과 관능의 열정을 노래하므로 혼동을 초래한다는 뜻이다.

13 상징의 숲 : 시인에게는 푸르른 숲뿐 아니라 인간이 살아가는 도시도 자연이다. 모든 것이 상징이 되어 오히려 지나가는 시인을 관찰한다. 자연과의 상호적인 교감이 관찰을 주고받는 것으로 표현됐다.

무한한 사물들처럼 팽창하면서
용연향과 사향, 안식향 그리고 향처럼
정신과 관능의 열정을 노래한다.

나는 벌거벗은 시대의 추억을 좋아한다[14]

J'AIME LE SOUVENIR DE CES ÉPOQUES NUES

나는 **페뷔스**[15]가 조각상을 금빛으로 칠하기를 즐겼던
벌거벗은 시대의 추억을 좋아한다.
그 시절엔 남자와 여자가 민첩한 몸으로
거짓도 없고 고뇌도 없이 즐겼었고,
다정한 하늘은 그들의 등을 쓰다듬어,
그들의 귀중한 신체의 건강을 단련시켰다.
질 좋은 산물이 풍요로운 **키벨레**[16]에게 그 시절,
아들들은 부담스러운 짐으로 느껴지지 않았다.
그러나, 두루두루 자애로움으로 마음이 부푼 어미 늑대는
갈색 젖꼭지로 세계를 먹였다.
우아하고, 건장하고, 강한 남자는
단단하고 매끄러운 살이 물린 상처를 초래했던
모든 모욕으로부터 깨끗하고 터진 데 없는 열매들,

---

14 이 시의 내용은 벌거벗은 시대와 옷을 입은 시대로 나눠진다. 유용의 신이 나타나기 전과 후로. 성경에서는 아담과 이브가 선악과를 따 먹은 후에, 옷을 입고 에덴으로부터 사람들이 사는 세상으로 쫓겨난다. 사랑의 모습도 변한다. 옷을 벗었을 때는 평안하고 거짓도 없고 고뇌도 없었다. 하지만 옷을 입은 후에는 마음의 궤양으로 상한 얼굴을 하고 (절망과 고통으로) 무기력해진 모습이 된다.

15 페뷔스 : 아폴론. 태양신.

16 키벨레 : 대지, 풍요, 다산의 여신.

그를 왕이라고 불렀던 미인들에게 당당할 권리가 있었다!

오늘날 **시인이**, 남자와 여자가 벌거벗고
서로를 바라보는 장소에서,
자연의 위대함을 상상하기 원할 때,
공포로 가득한 이 검은 그림 앞에서,
그는 영혼을 둘러싼 어두운 냉기를 느낀다.
그들이 울며 옷을 달라 애원하는 기괴함이여!
오 우스꽝스러운 몸통들이여! 가면을 써야 할 상반신들이여!
냉혹하고 차분한 **유용**의 신[17]의 손으로,
유아기에 청동의 포대기에 감싸였던 어린아이들,
오 뒤틀리고, 마르고, 배가 나온 혹은 무기력한 가엾은 몸뚱이들이여!
그리고 당신들, 아아! 난봉꾼이 먹이고
갉아먹은 양초처럼 창백한 여인들이여!
그리고 당신들, 모성의 악덕으로부터 받은 유산과
생식력이 가진 모든 흉측함을 끌고 다니는 처녀들이여!

사실, 우리, 부패한 국가들은 옛 민족들에게
알려지지 않은 아름다움을 가지고 있다:
마음의 궤양으로 좀먹은 얼굴들,
그리고 무기력함이라고나 할 아름다움;

---

17 '유용의 신', '남자와 여자가 벌거벗고', '울며 옷을 달라 애원하는 기괴함' 등의 표현으로 보아 사랑에 있어서 대상을 이용한다는 것으로 이해할 수 있다.

하지만 뒤늦은 우리 뮤즈[18]의 발명품들은
병약한 종족들이 청춘에 깊은 경의를 보내는 것을
결코 막지 못할 것이다,
—성스러운 청춘에, 단순한 태도에, 부드러운 이마에,
흐르는 물처럼 맑고 투명한 눈에,
그리고 근심 없이 모두에게
마치 하늘의 창공처럼, 새들과 꽃들처럼,
향기와 노래와 그리고 부드러운 열기를 퍼뜨릴 청춘에!

---

18 뮤즈 : 그리스로마 신화에서 시, 음악 및 예술 분야를 관장하는 아홉 여신. 여기서 "우리 뮤즈"는 시인의 시의 신.

등대들[19]

LES PHARES

루벤스, 망각의 강, 게으름의 정원,
사랑할 수 없는 신선한 육체의 베개,
그러나 그리로 인생이 흘러들고 끊임없이 요동친다,
마치 하늘 속 공기 그리고 바다 속 바다처럼;

레오나르도 다빈치, 깊고 어두운 거울,
거기에는 매혹적인 천사들이, 신비로 가득 찬
부드러운 미소로, 그들의 나라를 덮는
소나무와 빙하의 그늘에 나타난다;

렘브란트, 웅얼거림으로 꽉 차 있고
그리고 단지 거대한 십자가 하나로만 장식된 슬픈 병원,
그곳에서는 눈물의 기도가 쓰레기에서 새어 나오고,
갑자기 가로지르는 한 줄기 겨울빛이 증발한다;

미켈란젤로, 헤라클레스 추종자들이 **그리스도** 추종자들과

---

19 인간의 존엄성이 사라진 세상에서 그 존엄성을 알리는 끝없는 시도를 루벤스, 레오나르도 다빈치, 렘브란트 등의 작품 속에서 볼 수 있음을 알려주는 시이다.

섞이는 것[20]이 보이고, 황혼 속에 강한 유령들이
손가락을 뻗어 자신들의 수의를 찢으며
똑바로 일어서는 것이 보이는 모호한 장소;

권투선수의 분노, 목신의 파렴치함,
비열한 이들의 아름다움을 모을 줄 알았던 그대,
오만함으로 부푼 큰 마음, 핏기 없이 허약한 인간,
퓌제, 도형수들의 우울한 황제;

와토, 빙빙 도는 이 무도회에 광기를 들어붓는
샹들리에 불빛 비치는 가볍고 생기 넘치는 배경을,
수많은 유명인사들이,
나비처럼 번쩍이며 돌아다니는 사육제;

고야, 알 수 없는 것들로 가득한 악몽,
마녀 집회 한가운데서 구워지는 태아들,
거울을 보는 늙은 여인들과, 악마들을 유혹하기 위하여,
홀딱 벗은 채 양말을 바로잡는 여자아이들;

들라크루아, 늘 푸른 전나무 숲으로 그늘져 있고,

---

20 앙리 메쇼닉(Henri Meschonnic)은 헤브라이즘이 헬레니즘 문화에 의해 변질되었다고 한다. 기독교가 로마 가톨릭으로 합쳐지면서 일어난 다양한 문제들이 미켈란젤로의 그림 속에 모호한 장소로 남아 있다.

사악한 천사들이 드나드는 피의 호수,
거기서, 슬픈 하늘 아래로, 기괴한 군악대 소리가
마치 **베버**의 짓눌린 탄식처럼 스쳐 지나간다;

이 저주, 이 신성모독, 이 탄식,
이 도취, 이 외침, 이 눈물, 이 **감사의 노래**들은,
수많은 미로에서 되풀이되는 메아리;
그것은 죽음을 면할 수 없는 인간들에게 신성한 아편이다!

그것은 수많은 보초들이 반복하는 외침,
수많은 확성기로 보내진 명령;
그것은 수많은 요새 위에 불 켜진 등대,
거대한 숲속에 길 잃은 사냥꾼들의 부르짖음이다!

이 뜨거운 흐느낌이 시대를 가로질러 흐르다
당신의 영원 가장자리에 이르러 사라지는 것,
이것은 진정, **주님**이시여, 우리가 우리의 존엄성을 보여줄 수 있는
가장 훌륭한 증거이기 때문입니다!

병든 뮤즈

LA MUSE MALADE

가련한 나의 뮤즈여, 아! 그래, 오늘 아침 무슨 일이지?
움푹 꺼진 네 눈은 밤의 환영들로 가득 차 있구나,
그리고 내 눈엔 네 안색에서 차갑고 말없는 광기와 공포가
차례로 비치는 것이 보인다.

푸른 음몽마녀[21]와 장밋빛 작은 요정이
두려움과 사랑을 항아리째로 네게 부어주었는가?
악몽은 반항기 있고 난폭한 주먹을 휘둘러
전설의 늪 깊은 곳에 너를 빠뜨렸는가?

건강한 냄새를 풍기면서
확고한 사고가 네 가슴에 늘 드나들고,
기독교적인 네 피가 율동적으로 넘쳐흐르기를 나는 바란다,

노래의 아버지, **페뷔스**, 그리고 수확의 영주인,
위대한 **목신**이 차례로 다스리는
마치 옛날식 음절의 수많은 소리들처럼.

---

21 음몽마녀 : 잠든 남자들과 성교한다는 악령.

돈에 팔리는 뮤즈

LA MUSE VÉNALE

오 내 마음의 뮤즈, 왕궁을 좋아하는 이여,
일월이 **보레**[22]를 놓아줄 때,
음울하게 권태로운 눈 내리는 저녁 동안에,
너는 깜부기불로 보랏빛 네 두 발을 덥힐 것인가?

그래서 덧창을 뚫고 들어오는 밤의 광선으로
너는 추위에 얼룩진 네 어깨를 되살릴 것인가?
네 궁전만큼 텅텅 빈 돈주머니를 의식한다면
너는 하늘에서 황금 별이라도 딸 것인가?

매일 저녁 일용할 양식을 벌기 위해서, 너는
성가대 아이처럼, 네가 조금도 믿지 않는
감사 노래를 부르고 향로를 받들어야 하는구나.

혹은, 세인들을 흥겹게 해주려고, 아무것도 못 먹은 곡예사처럼,
아무도 보지 못하는 눈물에 젖은 네 웃음과
너의 매력을 보여주어야 하는구나.

---

22 보레 : 보레아스. 그리스 신화의 북풍의 신.

못된 수도승

LE MAUVAIS MOINE

옛 수도원들은 그 거대한 벽에
성스러운 진리를 그림으로 드러냈었다,
그 결과, 신앙심을 다시 북돋우면서,
그 엄숙한 냉기를 완화했었다.

그리스도가 뿌린 씨가 꽃피었던 그 당시에,
오늘날에는 거의 언급되지 않는 여러 명의 유명한 수도승들이
장례식장을 작업실 삼아,
간단하게 죽음을 영화롭게 했었다.

－내 영혼은 무덤이다, 못된 수도승인,
내가 영원 이래로 돌아다니며 살고 있다;
이 지긋지긋한 수도원의 벽을 장식하는 것은 아무것도 없구나.[23]

오 게으른 수도승이여! 그러면 언제쯤 나는

---

23 옛 수도승들이 수도원의 벽을 진리를 담은 그림으로 아름답게 꾸미면서 신앙심도 북돋운 것처럼, 시인이 자신의 비참함이 생생하게 나타난 장면으로 자신의 영혼을 장식하기를 원한다는 것을 알 수 있다. 다시 말해서 시인의 시들은 모두 그의 영혼에 그려진 이야기들임을 말해주고 있다.

내 슬픈 비참함이 생생한 장면으로
내 손의 일과 내 눈의 사랑을 만들 줄 알게 될까?[24]

24 시인이 눈으로 사랑한 것들을 자신의 슬프고 비참한 처지를 통해서 생생한 장면으로 만들어내는 예술적 작업을 말한다.

적[25]

L'ENNEMI

내 청춘은, 눈부신 햇살이 이리저리 가로지른,
어두운 폭풍우일 뿐이다;
천둥과 비가 그렇게 휩쓸고 지나가더니,
내 정원엔 얼마 안 되는 자줏빛 열매만 남았다.

이렇게 나는 사상의 가을에 접어들었으니,
삽과 갈퀴를 잡아야 한다.
물살에 무덤처럼 커다란 구멍이 파인,
홍수에 잠긴 땅을 새로이 갈기 위하여.

내가 꿈꾸는 새로운 꽃들이
모래밭처럼 씻긴 이 땅에서 그들의 생기를 돋워줄
신비한 양분을 찾아낼지 누가 알겠는가?

---

25 시인에게 청춘은 폭풍우와 같다. 그러나 그 폭풍우가 휩쓸고 간 마당에 떨어진 몇 안 되는 열매가 그에게 교훈을 남긴다. 청춘에 마음을 빼앗겨 잃어버린 시간, 분명치 않은 '적'은 우리의 마음을 갉아먹고 그 흘린 피로 성장한다. 사상의 가을은 더 이상 '적'에게 우리의 마음을 빼앗기지 말아야 한다는 교훈을 얼마 안 되는 자줏빛 열매로 남긴다.

— 오 고통이여! 오 고통이여! **시간**은 생명을 좀먹고,
우리의 마음을 물어뜯는 분명치 않은 **적**은
우리가 잃어버리는 피로 성장하고 강해지는구나!

불운[26]

LE GUIGNON

그렇게 무거운 무게를 들어 올리려면,
시지푸스, 그대의 용기가 필요하리라!
열심히 일하는데도,
예술은 길고 **시간**은 짧구나.

유명한 묘지에서 멀리 떨어져,
고립된 무덤을 향해,
내 마음은, 베일에 가려져 북 치는 사람처럼,
장송곡을 치며 간다.

—수많은 보석들이,
곡괭이와 착암기로부터 아주 멀리 떨어져,
어둠과 망각 속에 파묻혀 잠자고 있다;

많은 꽃들이 깊은 고독 속에서,
비밀처럼 그 부드러운 향기를
마지못해 내뿜는다.

---

26 무명으로 죽게 될 운명을 미리 예견하고 한탄하면서, 할 일은 많은데 다 하지 못하고 갈 것에 대한 두려움과 안타까움을 담고 있다.

전생[27]

LA VIE ANTÉRIEURE

나는 바다의 태양이 수많은 불빛으로 물들였던,
거대한 회랑 아래 오랜 기간을 살았다,
그 회랑의 위풍당당하게 뻗은 거대한 기둥들은,
저녁마다, 그곳을 현무암 동굴처럼 만들었다.

물결은 하늘의 영상들을 굴리면서,
그 풍요로운 음악의 전능한 일치를
장중하고 신비한 방식으로
내 눈에 비치는 황혼의 색채에 섞었다.[28]

평온한 관능 속에, 창공과 물결 그리고 빛의 한가운데
벌거벗은 채, 온통 냄새가 밴 노예들에 둘러싸여,
내가 살았던 곳은 거기다,

---

27 시인이 그린 전생의 이미지는 장엄한 하늘 같은 궁륭 아래 바다와 하늘과 소리와 색채들이 하나 되어 혼연일체를 이루는 평온하고 관능적인 삶이다. 마지막 연에서는 여기 쓰인 동사(faire languir 애태우다)로 보아 사랑 때문에 애를 태웠던 것이 비밀이라고 한다.

28 하늘의 색채와 구름의 형상들을 바다 위에 물결 따라 굴리면서 파도의 신비한 음악과 일치를 이루고 황혼의 색채와 뒤섞이는 혼연일체의 공간이 공감각에 의해 열리고 있다.

그들은 종려나무 잎으로 내 이마를 시원하게 해주었고,
그들의 유일한 배려는 나를 애태웠던
고통스런 비밀을 더 깊이 파고드는 것이었다.[29]

29 시인의 사랑이 몽상 속의 사랑인 것은 자신만의 비밀이다. 누구에게도 말하기 고통스러운. 그러나 시인이 사랑으로 애태웠다면 주변 사람들은 궁금해했을 테고 보이지 않기에 더 알고 싶어 깊이 파고들었을 것이다.

길 떠나는 집시들[30]

BOHÉMIENS EN VOYAGE

뜨거운 눈동자를 한 예언자 족속은
어제 길을 떠났다, 어린아이들을 등에 업고,
혹은 아이들의 왕성한 식욕에,
늘어진 젖가슴에 언제나 준비된 보물을 넘겨주면서.

식솔들이 웅크리고 앉은 짐수레를 따라서,
사라진 몽상을 서글프게 아쉬워하며
무거워진 눈으로 하늘을 둘러보면서
남자들은 번뜩이는 무장을 하고서 걸어간다.

귀뚜라미는, 모래 속 누옥 깊은 곳에서,
그들이 지나가는 것을 바라보면서, 노랫소리를 높이고;
그들을 사랑하는 **키벨레**는 초목을 무성하게 하고,

바위에 물이 흐르게 하고 사막을 꽃피운다
이 여행자들 앞에는, 어두운 미래의 친숙한 제국이
그들을 위해 열려 있다.

---

30 유목민족인 유대인들이 모세를 따라 길을 떠나는 장면들이 연상되는 시이다. '예언자 족속' '사라진 몽상' '바위에 물이 흐르게 하고 사막을 꽃피운다'와 같은 표현들에서 짐작해볼 수 있다.

인간과 바다

L'HOMME ET LA MER

자유로운 인간, 너는 언제나 바다를 지극히 사랑하리라!
바다는 너의 거울; 무한히 펼쳐지는 그 물결 속에서,
네가 네 영혼을 관찰하면,
네 정신은 바다만큼이나 씁쓸한 심연이로구나.

너는 네 심상 가운데 잠기기를 좋아한다;
너는 눈과 팔로 네 심상을 끌어안고, 네 마음은
길들일 수 없는 야만적인 이 탄식의 소리로
이따금 네 마음 자체의 시끄러움을 달랜다.

너희는 둘 다 엉큼하고 사려 깊어:
인간이여, 누구도 네 심연의 깊이를 재지 못했고;
오 바다여, 누구도 네 안에 숨겨진 자원을 알지 못한다,
그만큼 너희는 너희 비밀을 지키는 데 집착하는구나![31]

하지만 너희들이 서로 동정하지도 않고 후회도 없이 싸운

---

31 여기서 바다 속 깊은 곳에 무슨 자원이 얼마나 있는지 모르듯이 인간의 마음 또한 그 깊이를 아무도 재지 못했고, 바다와 인간, 둘 다 비밀을 지키는 데 집착한다. 어쩌면 그 비밀에 대한 집착이 그 깊이를 재지 못하도록 막고 있는 것은 아닐까?

헤아릴 수 없는 장구한 세월이 있다,
그 정도로 너희들은 살육과 죽음을 사랑하는구나,
오 영원한 싸움꾼, 오 냉혹한 형제들이여!

지옥의 동 쥐앙[32]

DON JUAN AUX ENFERS

동 쥐앙이 스틱스[33]로 내려간 이상
그가 **카론**[34]에게 동전을 주자,
마치 **안티스테네스**[35]처럼 거만한 눈을 한, 침울한 거지는,
강하고 복수하는 팔로 매번 노를 잡았다.

여자들은 늘어진 가슴과 벌어진 치맛자락을 보여주면서,
검은 창공 아래 몸을 비틀었고,
제단에 바쳐진 큰 무리의 제물처럼,
그의 뒤에서 울음소리를 길게 끌고 있었다.

스가나렐[36]은 웃으면서 그에게 급료를 요구했고,
반면 **동 뤼**[37]는 떨리는 손가락으로
강가를 헤매는 모든 죽은 자들 앞에서

---

32 동 쥐앙 : 호색한, 엽색꾼.
33 스틱스 : 그리스 로마 신화에 나오는 저승의 강.
34 카론 : 그리스 신화에 나오는, 스틱스 강의 뱃사공
35 안티스테네스 : 4세기경 그리스 철학자.
36 스가나렐 : 몰리에르의 희곡 「동 쥐앙(Don Juan)」에 나오는 동 쥐앙의 하인.
37 동 뤼 : 동 쥐앙의 아버지.

그의 백발을 비웃었던 방약무인한 아들을 가리켰다.

야윈 몸에 상복을 입고, 떨고 있는 정숙한 **엘비르**[38]는,
한때 연인이었던 불충실한 남편 곁에서,
그의 첫 맹세의 다정함이 빛났던
최고의 미소를 그에게 구하는 것 같았다.

갑옷을 입고 똑바로 서 있는, 키가 큰 석상의 남자는,
키를 잡고 그리고 검은 물결을 가르고 있었다;
그러나 장검에 몸을 기댄, 이 침착한 영웅은,
배의 항적만 바라볼 뿐 아무것도 보아주지 않았다.

38 엘비르 : 동 쥐앙의 아내

교만의 벌[39]

CHÂTIMENT DE L'ORGUEIL

신학이 가장 활기차고 힘차게
꽃피는 불가사의한 요즈음에,
사람들은 이렇게 이야기한다. 어느 날 가장 훌륭한 박사 중 하나가,
—종교에 무심한 사람들을 강제로;
그들의 어두운 마음 깊숙한 곳에서 감동시키고 난 후에;
어쩌면 단지 순수한 **정신**들만 가봤던,
그 자신도 알지 못하는 특별한 여정을
천상의 영광 쪽으로 뛰어넘고 난 후에,—
마치 너무 높은 곳에 올라간 사람처럼, 광기에 사로잡혀,
악마적인 교만함으로 흥분해, 외쳤다:
"**예수**, 어린 **예수**! 내가 너를 아주 높이 밀어 올렸다!
그러나, 만일 갑주 대신에, 내가 너를 공격하고자 했더라면,
너의 수치는 너의 영광과 같았을 것이고,
너는 가소로운 태아에 지나지 않았으리라!"
즉시 그의 이성은 사라졌다.

---

39 종교 차원에서 교만은 인간이 신의 자리를 넘보는 것이다. 기독교 신봉자들이 교만한 자를 벌하는 모습은 오늘날 우리 사회에서 '이교도' 들이 사회적 물의를 빚을 때 확인할 수 있다. 하지만 기독교에서 진정한 징벌은 예수의 재림 때 이루어지는 세상의 심판이다.

태양은 어둠에 덮였다;
그에게 그렇게나 화려했던 천장 아래,
예전에는 질서와 호사로 가득한 살아 있는 사원이었던,
이 지성 속에 온갖 혼돈이 오락가락했다.
열쇠를 잃어버린 지하실에서처럼,
침묵과 밤이 그에게 자리 잡았다.
그때부터 그는 거리의 짐승들과도 같았다,
그래서, 아무것도 보지 못하는 채로, 겨울과 여름을 구별하지 않고,
들판을 가로질러, 떠나버렸을 때,
쓰다 버려진 물건처럼 더럽고 쓸모없고 추해진
그는 어린아이들의 웃음거리와 조롱거리가 되었다.[40]

40 오늘날에도 이런 교만으로 타락하는 많은 종교 지도자들을 볼 수 있다. 보들레르는 이 시를 통해서 종교 지도자가 믿음 없는 사람들을 강제로 믿게 해 감동시킨 후, 특별한 단계를 뛰어넘어 스스로가 예수와 같은 위치로 올라갔다고 생각하는 교만과 신성모독을 예견했었던 것 같다.

아름다움[41]

LA BEAUTÉ

오 사람들아! 나는 아름답다, 돌의 꿈처럼,
그리고 누구나 차례로 상처 받는 내 가슴은,
시인에게 물질처럼 영원하고 말없는
사랑을 불러일으키기 위하여 만들어진 것이다.

나는 이해받지 못하는 스핑크스처럼[42] 창공에 군림하고;
나는 눈과 같은 마음을 백조의 흰 빛에 연결한다;
나는 선을 옮기는 움직임을 혐오한다.[43]
나는 결코 울지도 않고 나는 결코 웃지도 않는다.

가장 자랑스러운 불후의 저작들로부터 빌려온 듯한,
나의 훌륭한 태도 앞에, 시인들은,
준엄한 연구로 세월을 소비할 것이다;

---

41 시인의 '아름다움'이 묘사되어 있다. 육체와 마음을 가진 여인의 이미지라기보다는 '가장 자랑스러운 불후의 저작'에서 시인이 빌려온 듯한 '아름다움'이다. 특히 눈을 강조하고 있다.

42 스핑크스 : 신비함과 냉담함을 비유.

43 이 부분은 보들레르의 입원한 환자들의 비유, 즉 환자들은 자리를 바꾸면 병이 나을 것 같아 바꿔보지만 그래봐야 변하는 건 없다는 의미로 이해할 수 있다. 산문시 「이 세상 밖이라면 어디든지」(『파리의 우울』) 참조.

왜냐하면 이 온순한 연인들을 매혹하기 위해 나는,
모든 것들을 더 아름답게 만드는 순수한 거울을 가졌으니까:
바로 나의 눈, 영원한 빛을 띤 커다란 눈!

이상[44]

L'IDÉAL

나 같은 이의 마음을 만족시킬 수 있는 것은,
결코 불량한 세기에 태어난, 손상된 산물인
가두리 장식 삽화의 미인들은 아니리라,
장화 신은 발, 캐스터네츠 낀 손가락도 아니리라.

나는 병원에서 종알거리는 미인들 무리는,
위황병에 걸린 시인, **가바르니**에게 넘겨줄 테다,
왜냐하면 나는 이 창백한 장미들 가운데서
붉은 나의 이상과 닮은 꽃을 발견할 수 없기에.

심연처럼 깊은 이 마음에 필요한 것은,
당신이다, **레이디 맥베스**, 죄에 강한 영혼,
질풍의 기후에 피어난 **아이스킬로스**[45]의 꿈이여;

혹은 위대한 **밤**인 너, **미켈란젤로**의 딸이여,[46]

---

44 시인의 이상적 여인적 창백하고 가냘픈 여인이 아니라 '죄에 강한 영혼', 다시 말해서 마음이 담대한 여인이다.

45 아이스킬로스 : 고대 그리스의 비극시인.

46 「등대」에서 시인은 미켈란젤로의 그림을 기독교와 그리스 신화가 뒤섞인 모호한

거인들의[47] 입에 익숙해진 너의 젖가슴을
야릇한 자세로 평화로이 비튼다!

장소로 이해했다. 그의 딸이라고 부르는 위대한 밤은 기독교에 그리스 사상의 이미지가 겹쳐진 그의 그림, 그 밤의 여인이라고 이해할 수 있겠다.

47 거인 : 미켈란젤로의 그림 속에 그려진 그리스 신화에 나오는 신들.

거인 여자

LA GÉANTE

자연이 강력한 혈기로 매일 괴물 같은
아이들을 임신했던 그 시대에는,
나는 젊은 거인 여자의 곁에 살기를 좋아했으리라,
마치 여왕의 발아래 도사린 관능적인 고양이처럼.

그녀의 몸이 그녀의 영혼과 함께 꽃피고
그 끔찍한 놀이 가운데 자유롭게 자라는 걸 보기 좋아했으리라;
그녀의 눈 속에 떠다니는 축축한 안개로
그녀의 마음이 어두운 불꽃을 품었는지 알아보기를 좋아했으리라;

그녀의 멋진 형상 위로 한가롭게 돌아다니고;
그녀의 거대한 무릎을 비탈처럼 기어오르기를 좋아했으리라,
그리고 이따금 여름날, 해로운 태양에,

지친 그녀가 들판을 가로질러 드러누울 때,
마치 산기슭의 평화로운 촌락처럼,
그녀의 가슴 그늘에 느긋하게 잠들기를 좋아했으리라.

가면[48]

LE MASQUE

르네상스풍 우의적인 조각품
조각가 에르네스트 크리스토프에게

피렌체식 매력이 있는 이 보물을 관찰해보자;
근육이 발달한 이 육체의 파동 속에서
신성한 자매인 **우아함**과 **힘**이 넘쳐난다.
진정 기적과도 같은 작품인, 신성하게도 건장하고,
사랑스럽게 날씬한 이 여인은,
사치스러운 잠자리를 지배하고,
주교 또는 왕자의 여가를 매혹하기 안성맞춤이다.

―마찬가지로, 섬세하고 관능적인 이 미소를 보라
거기에는 **자만**이 그 도취를 끌고 다닌다;
엉큼하고, 번민하고, 조롱하는 긴 시선;

48 두 개의 얼굴을 가진 미녀, 하나는 솔직한 낯이고 다른 하나는 가면, 유혹하는 장식이다.
시인은 종교적인 절대적인 아름다움을 여인의 모습으로 구현한다. '주교와 왕자들의 사치스런 잠자리' 가 그 의미를 전달하고, '거짓된 얼굴과 진정하고 솔직한 얼굴' 의 의미는 진정한 실체가 가면 뒤에 숨어 있음을 의미한다.

얇디얇은 천에 둘러싸인 새침한 얼굴;
그 특징마다 의기양양한 태도로 우리에게 말한다:
"**관능**이 나를 부르고 **사랑**이 나에게 관을 씌운다!"
그만큼 위엄을 타고난 이 존재에게
귀여움이 얼마나 자극적인 매력을 주는지 보라!
다가가 보자, 그리고 아름다운 그녀의 주변을 돌아보자.

오 예술의 저주여! 오 치명적인 놀라움이여!
행복을 약속한 신성한 육체의 이 여인이,
위쪽에 머리가 두 개 달린 괴물로 끝나다니!
—천만에! 이건 하나의 가면, 유혹적인 장식일 뿐이다,
우아하게 찌푸린 표정으로 환한 이 얼굴,
그리고, 봐라, 여기에, 잔혹하게 오그라들어 있는,
진정한 머리, 그리고 거짓말하는 얼굴을 피해서
뒤로 젖힌 솔직한 얼굴이 있다.
가엾은 절세미녀여! 네 눈물이
장엄한 강물처럼 흘러 근심하는 내 마음에 이르고;
너의 거짓이 나를 취하게 하고, 그리고 내 영혼은
고통으로 네 눈에서 솟아난 물결에 목을 축인다!

—그러나 그녀는 왜 울까? 그녀는,
정복된 인류를 발밑에 둘, 완벽한 미인,
어떤 알 수 없는 아픔이 그녀의 건장한 옆구리를 갉아먹는가?

－그녀는 운다, 하염없이, 왜냐하면 그녀는 살았기 때문에!
그리고 살기 때문에! 그러나 그녀가 한탄하는 것은
특히, 그녀를 무릎까지 전율하게 하는 것은,
그것은 슬프게도! 내일, 또 살아야 하는 것이다!
내일, 모레 그리고 언제까지든!－우리들처럼![49]

---

49 시인은 인류를 정복하여 발아래 둘 완벽한 미인임에도 불구하고 우리처럼 하루하루를 살아야 하는 미인의 권태에 대해 말하고 있다. 여기서 거짓이 시인을 취하게 한다. 「독자에게」에서 시인이 '위선자'란 표현을 독자에게 쓴 것을 기억하라. 이 시에서 보듯이 그것은 '거짓' 가면과 관계가 있다.

아름다움에의 찬가[50]

HYMNE À LA BEAUTÉ

오 **아름다움**이여, 너는 심원한 하늘에서 왔는가,
혹은 심연에서 나왔는가? 지옥 같으면서도 신성한 네 시선은,
은혜와 죄악을 뒤섞어서 부어주니,
너는 가히 술에 비교할 만하구나.

네 눈에는 황혼과 여명이 깃들어 있구나;
너는 폭풍우 치는 저녁처럼 향기를 퍼뜨린다;
네 입맞춤은 미약이고 네 입은 술 단지
영웅을 무력하게 하고 어린아이는 용감하게 하는구나.

너는 검은 심연에서 나왔는가 혹은 천체로부터 내려왔는가?
마법에 걸린 **운명**은 개처럼 너의 치맛자락에 따라붙고;
너는 무턱대고 기쁨과 재난의 씨를 뿌리는구나,
그리고 너는 모든 것을 지배하면서 아무 대답도 하지 않는구나.

---

50 시인은 아름다움을 만나 '무한의 문'을 열 수만 있다면 그 아름다움이 어디에서 왔든지 상관하지 않는다. 세상을 정화하고 시간의 무게를 덜 수 있기만을 바라는 시인은 그녀를 여왕이라고 부른다. 그녀는 숫되지만 그녀를 향해 날아든 연인들은 죽음에 이른다.

아름다움이여, 너는 죽은 자들 위를 걸으며,[51] 그들을 조롱한다;
네가 가진 보석 중에 **공포**도 매력이 부족하지 않고,
너의 가장 소중한 패물 가운데, 살인은
네 오만한 배 위에서 사랑스럽게 춤을 추는구나.

현혹된 하루살이는 너라는 촛불을 향해 날아든다,
타닥타닥 소리 내어 타오르면서, 말한다: 이 빛을 축복합시다!
연인에게 몸을 기울이고 헐떡이며 사랑에 빠진 남자는
자신의 무덤을 애무하면서 죽어가는 사람과도 같구나.

오 **아름다움**이여, 거대하고, 무시무시하고, 숫된 괴물이여![52]
만일 네 눈, 네 미소, 네 발이 내가 사랑하지만
결코 알지 못했던 무한의 문을 내게 열어준다면,
네가 하늘로부터 오든 지옥으로부터 오든, 무엇이 중요한가?[53]

악마로부터 오든 **신**으로부터 오든, 무엇이 중요한가?
천사든 **세이렌**[54]이든 무엇이 중요한가, ―눈이 비로드 같은 요정이여,

---

51 '죽은 자들 위를 걷는다' 는 표현은 「요한계시록」에서 재림한 예수가 심판하는 모습과 같다.

52 시인이 이상적으로 생각하는 아름다움이 거대하다는 것은 「거인 여자」에서도 보았듯이 되풀이되는 이미지이다.

53 지옥에서 왔든 하늘에서 왔든 상관없다, '무한의 문' 만 열어준다면. 앞서 「가면」은 거짓으로라도 유혹하기 위한 하나의 장식에 지나지 않았다. 진솔한 얼굴, 우아하게 찌푸린 빛나는 얼굴이 가려졌을 뿐이다.

54 세이렌 : 그리스 신화에 나오는 바다의 요정. 아름다운 노랫소리로 뱃사람들을 홀려

리듬이고, 향기고, 서광인, 오 나의 유일한 여왕이여!—
만일 네가 세상을 덜 흉악하게 하고 시간의 무게를 덜어준다면?

죽게 했다고 한다.

이국의 향기

PARFUM EXOTIQUE

어느 따듯한 가을 저녁, 두 눈을 감고,
열띤 네 가슴의 냄새를 들이마시며,
나는 단조로운 태양빛이 눈부신
행복한 해변이 눈앞에 펼쳐지는 것을 본다.[55]

자연이 특이한 나무들과
맛좋은 과일들을 준 게으름의 섬;
남자들의 육체는 미끈하고 활기차고,
여자들은 솔직함으로 놀란 눈을 하고 있다.

너의 냄새를 따라 매혹적인 고장으로 인도되어,
나는 여전히 바다 물결에 몹시 지쳐 있는
돛과 돛대로 가득한 항구를 본다,

55 공감각이 돋보이는 시다. 보는 것, 맡는 것, 듣는 것, 느끼는 것이 교감하여 하나의 공간을 열어준다. 앞서 「상승」에서 하늘로 힘차게 날아오르는 사람이 행복하다고 한 그 느낌을 되살리기 위해 시인은 의지적으로 감각을 사용해 공간을 열 줄 안다. 여인의 가슴 냄새에 도취해 행복한 해변을 눈앞에 펼친다.

푸른 타마린드[56]의 향기가,
공기 중에 감돌고 그리고 내 콧구멍을 부풀리고,
내 영혼 속에서 사공들의 노래에 뒤섞이는 동안에.

56 타마린드 : 북아프리카와 아시아 열대지방 원산의 콩과 상록교목.

머리타래[57]

LA CHEVELURE

오 목덜미 위까지 물결치는 머리털이여!
오 곱슬머리여! 노곤함으로 가득 찬 향기여!
도취여! 오늘 저녁 이 머리타래 속에 잠들어 있는 추억으로
어두운 규방을 채우기 위하여,
나는 이 머리타래를 손수건처럼 공중에 흔들고 싶구나!

생기 없는 아시아와 불타는 아프리카,
이곳엔 없는, 거의 사라진, 머나먼 온 세계가,
향기로운 숲인, 네 깊은 곳에 살고 있구나!
다른 사람들이 음악 위를 표류하듯이,
나의 정신은, 오 내 사랑! 네 향기 위를 떠돈다.

나는, 활기로 가득한 나무와 인간이
뜨거운 기후에 오랜 시간 넋을 잃는, 그곳으로 가리라;
꼼꼼히 땋은 머리여, 나를 데려가는 물결이 되어다오![58]

---

57 여인의 머리털의 향기에 취해 머나먼 무한 속으로 빠지는 시인에게 '도취'는 하나의 출발점과 같다.

58 시인은 머리 향기에 취해 자신이 원하는 꿈의 세계로 간다. 머리타래를 흔드는 것도 떠나기 위한 도취 상태를 원하기 때문이다.

흑단의 바다 같은 너는 돛과 사공과
불꽃과 돛대의 눈부신 꿈을 품고 있구나:

내 영혼이 향기와 소리 그리고 색채를 흠뻑
들이마실 수 있는 공명하는 항구;
그곳에는 황금빛 물결 위로 미끄러지는 배들이
거대한 팔을 벌린다,
영원한 열기가 전율하는 순수한 하늘의 영광을 끌어안기 위하여.

나는 도취를 사랑하는 내 머리를 바다에 담그리라
다른 것이 감춰져 있는 이 검은 바다에;
그러면 흔들림이 애무하는 섬세한 내 정신은
당신을 되찾을 수 있게 되리라, 오 풍요한 게으름이여,
향긋한 여가의 무한한 재우기여!

푸른 머리털, 펼쳐진 어둠의 정자여,
당신은 내게 무한한 둥근 하늘의 창공을 돌려준다;
당신의 꼬인 머리타래의 솜털 돋아난 가장자리에서
코코넛 기름과 사향, 그리고 타르가 혼합된
향기에 나는 열렬히 취한다.

오랫동안! 언제나! 너의 묵직한 머리칼 속에서 내 손은
루비, 진주 그리고 사파이어를 뿌리리라,
내 욕망에 네가 결코 귀를 막지 않도록!

너는 내가 꿈꾸는 오아시스, 그리고
내가 추억의 술을 천천히 마시는 호리병이 아니더냐?

나는 밤의 검은 궁륭처럼 너를 열렬히 사랑한다

JE T'ADORE À L'ÉGAL DE LA VOÛTE NOCTURNE

나는 밤의 검은 궁륭처럼 너를 열렬히 사랑한다,
오 슬픈 꽃병, 오 말없는 숭고한 여인이여,
그리고 네가 나를 피하면 피할수록, 아름다운 여인이여,
내 밤을 장식하는 네가, 푸른 무한으로부터
내 팔을 가르는 바다의 거리를 더 벌려놓는 것 같을수록
아이러니하게도 그만큼 나는 더 너를 사랑한다.

나는 공격에 앞으로 나아가고, 그리고 돌격에 기어오른다,
시체 위에 몰려드는 구더기 떼처럼,
그리고 나는, 오 냉혹하고 잔인한 사람아!
내게 더 아름답게 여겨지는 너의 차가움까지도 지극히 사랑한다!

너는 온 세계를 네 규방 안에 두리라

TU METTRAIS L'UNIVERS ENTIER DANS TA RUELLE

너는 온 세계를 네 규방 안에 두리라,
부정한 여인[59]이여! 권태는 너의 영혼을 잔인하게 한다.
이 기이한 놀이에 네 이빨들을 훈련시키려고
네게는 매일 틀니에 넣을 심장 하나가 필요하구나.
상점과 대중 축제에서 타오르는
등화대와 같이 불을 밝힌 너의 눈은,[60]
빌려온 힘을 무례하게 사용한다,[61]
그들의 아름다움의 법칙을 결코 알지 못한 채로.[62]

풍요로운 잔혹함으로 눈멀고 귀먹은 기계!
세계의 피를 빨아먹는 술꾼이자, 유익한 도구인
너는 어떻게 수치스러워하지 않으며, 너는 어떻게

---

59 '부정한 여인', '상점', '대중 축제', 이런 표현들에서는 종교적 순수함이나 숭고함 같은 의미는 찾아볼 수 없다.

60 상점과 대중 축제를 밝히는 등화대 같은 눈은 시인이 찬미하는 아름다운 눈이 아니다.

61 '빌려온 힘'은 부정한 여인이 본래 지닌 것이 아니다. 제대로 된 아름다움의 법칙을 모르는 채, 풍요로운 잔혹함에 눈이 멀어 세계의 피를 빨아먹는다고 시인은 질타한다.

62 시인은 권태의 주인공으로 진정한 아름다움의 소유자와 그렇지 못한, 즉 원래 주인의 아름다움의 법칙을 알지 못하고 남의 것을 빌려온 여인, 둘을 그리고 있다.

모든 거울 앞에서 너의 매력이 빛바랜 것을 보지 못했는가?
의도를 숨긴 위대한 자연이,
—천한 동물, 너로, —천재를 만들기 위하여,
오 여인이여, 죄의 여왕, 너를 사용할 때,
네가 스스로 학식이 있다고 믿는 이 위대한 악은
결코 너를 공포로 뒷걸음질치게 하지 않았구나?

오 진흙투성이의 위대함이여! 숭고한 치욕이여!

그러나 흡족치 않았다

SED NON SATIATA

밤처럼 거무스름한 피부의 이상한 여신이여,
사향과 여송연이 뒤섞인 향이 나는,
대초원의 **파우스트**, 흑단의 옆구리를 가진 마법사,
몇몇 마술사의 작품인, 어두운 심야의 아이여,

나는 콩스탕스 술이나, 아편, 어둠보다,
사랑이 으스대는 네 입의 묘약을 더 좋아한다.
내 욕망이 무리 지어 너를 향해 떠날 때,
네 눈은 내 권태가 목을 축이는 웅덩이다.

네 영혼의 환기창, 그 검고 큰 두 눈으로,
오 동정심 없는 마왕이여! 내게 그렇게 많은 불꽃을 붓지 말아다오;
나는 너를 아홉 번이나 끌어안기 위한 **스틱스**[63]가 아니다,

63 스틱스 : 그리스 로마 신화에 나오는 저승의 강. 저승을 아홉 번 감싸 돌아 흐른다. 여기서는 저승의 여왕 프로세르피나를 암시한다.

아아! 그리고 자유분방한 **메가이라**[64] **여신**이여, 나는,
너의 용기를 꺾고 너를 곤경에 빠뜨리기 위해,
네 잠자리의 지옥에서 **프로세르피나**[65]가 될 수 없구나![66]

---

64 메가이라 : 그리스 신화에 나오는 복수의 세 여신(에리니스) 중 하나.

65 프로세르피나 : 로마 신화에 나오는 저승의 여왕.

66 시인은 이루 말로 다할 수 없을 만큼 그녀를 사랑한다. 그리고 그녀를 곤경에 빠뜨리는 것은 인간이 아니라 저승의 여왕이나 가능한 일이다.

진줏빛으로 물결치는 옷을 입은

AVEC SES VÊTEMENTS ONDOYANTS ET NACRÉS

진줏빛으로 물결치는 옷을 입은,
그녀는 걸을 때조차 춤을 춘다고 사람들은 믿으리라,
성스러운 광대들의 지팡이 끝에서
박자 맞춰 흔들리는 긴 뱀들처럼.

인간의 고통에 냉담하기로는 둘 다 매한가지인
사막의 음울한 모래와 창공처럼,
그물처럼 길게 퍼진 바다 물결처럼,
그녀는 무심하게 몸을 펼친다.

윤기 도는 그녀의 눈은 매혹적인 광물로 빚어졌고,
낯설고 상징적인 이 본성 속에
침범되지 않은 천사가 고대의 스핑크스에 뒤섞인다,

거기에서 모든 것은 금과, 강철과, 빛과 다이아몬드일 뿐이고,
마치 쓸모없는 천체처럼, 아이를 낳지 못하는 여인의
차가운 장엄함은 영원히 빛난다.[67]

---

67 시인이 사랑하는 여인의 특징은 무심하게 몸을 펼치는 것, 침범되지 않은 천사와 고대 스핑크스가 뒤섞인 것 같은 눈, 그리고 아이를 낳지 못하는 여인의 차가움이다.

춤추는 뱀

LE SERPENT QUI DANSE

소중한 게으른 여인이여, 내가 얼마나 보기를 좋아하는지,
마치 하늘하늘한 천처럼,
그렇게 아름다운 네 몸의,
피부가 반짝이는 것을!

자극적인 향기 풍기는
네 깊은 머리털 위에,
푸르고 거무스름한 물결 출렁이는
향긋하고 변덕스런 바다,

아침 바람에,
잠이 깬 선박처럼
꿈꾸는 내 영혼은 먼 하늘을 향해
출범 준비를 한다.

다정함도 씁쓸함도,
아무것도 드러나지 않는 네 눈은
차가운 두 개의 보석,
철과 금이 뒤섞여 있다.

박자에 맞춰 걷는 너는
　　　자연스럽고도 아름다워,
사람들은 지팡이 끝에서
　　　춤추는 뱀이라 하리라.

게으름의 무거운 짐 아래
　　　어린아이 같은 네 머리는
아기 코끼리처럼
　　　부드럽게 흔들거린다,

그러다가 너는 몸을 구부리고 눕는다.
　　　마치 기슭마다 정박하여
활대를 물속에 담그는
　　　가느다란 배처럼.

요란하게 울리는 빙하가
　　　녹아내려 불어난 물결처럼,
네 입의 침이 네 잇새로
　　　다시 올라올 때,

나는 기운을 돋궈주는
　　　보헤미아의 씁쓸한 술을 마시는 것 같다,
내 마음에 별을 뿌리는
　　　투명한 하늘을!

시체

UNE CHAROGNE

내 영혼아, 우리가 보았던 것을 기억하는가?
그렇게나 온화한 여름날 아름다운 아침에:
자갈이 깔린 오솔길 모퉁이에
널브러져 있던 고약한 시체를,

마치 음탕한 여인처럼, 다리는 허공으로 쳐들고,
불타면서 독소를 뿜어내고,
악취로 가득한 그 배는
파렴치하고 무기력하게 벌어져 있었다.

썩어가는 그 물건 위에 태양이 내리쬐고 있었다,
마치 그것을 알맞게 구우려는 듯이,
그리고 위대한 자연이 함께 뭉쳐놓았던 것을
백 배로 돌려주려는 듯이;

그리고 하늘은 이 멋진 송장을 내려다보고 있었다
마치 피어나는 꽃처럼.
악취가 어찌나 코를 찔렀던지, 풀 위에서
당신은 정신을 잃는 줄 알았다.

파리 떼는 썩은 냄새 나는 배 위에서 윙윙거리고 있었다,
　　　거기서 구더기들이, 시커먼 군단처럼 쏟아져 나와
이 살아 있는 누더기를 따라서
　　　마치 질퍽한 액체처럼 흐르고 있었다.

모든 것은 마치 물결처럼 내려왔다가 올라갔다.
　　　혹은 반짝반짝 빛나면서 솟아 올랐다.
사람들은 그 몸이, 뭔지 모를 숨결에 부풀어,
　　　불어나는 것이 살아 있다고 말했으리라.

그리고 이 세계는 기이한 음악 소리를 내고 있었다,
　　　마치 흐르는 물과 바람처럼,
혹은 리듬에 맞춰 움직이는 키 속에서
　　　흔들리고 휘저어지는 낟알처럼.

형태는 사라지고 이제는 꿈밖에 없다.
　　　잊혀진 화폭 위에
서서히 나타나는, 그리고 예술가가 그저
　　　추억을 떠올리며 완성하는 밑그림밖에.

바위 뒤에서 불안한 암캐 한 마리가
　　　성난 눈으로 우리를 노려보고 있었다,
개는 놓쳐버린 고깃조각을
　　　해골에서 다시 잡아뜯을 순간을 엿보면서.

—그렇지만 당신도 이 오물과,
　　　이 끔찍한 악취와 같으리라,
내 눈의 별이자, 내 본연[68]의 태양인,
　　　당신도, 내 천사 그리고 내 열정이여!

그렇다! 당신도 그러리라, 오 매력의 여왕이여,
　　　종부성사가 끝난 다음에,
당신 역시, 흐드러지게 피어난 꽃들과 풀 아래,
　　　해골들 가운데에서 곰팡이 피어갈 때.

그땐, 오 나의 미인이여! 입맞춤으로 당신을 갉아먹을
　　　구더기에게 말하시오,
내가 해체된 내 사랑들의 형태와
　　　신성한 본질을 간직했다고![69]

---

68 원문에 'nature'란 단어를 썼지만 자연이란 뜻으로 쓴 것은 아니다. 시인은 『봉화 *Fusées*』에서 '댄디즘'과 '여성 혐오'에 대해 언급했다. 시인이 사랑하는 여인이 그의 몽상 속에서 형태와 본질만을 가진 여인이라는 것은 시인의 본질, 본연을 나타낸다.

69 시인이 사랑한 것은 결국 추억 같은 아름다움의 형태와 신성한 본질이지 부패하는 물질이 아니다.

심연에서 부르짖었다

DE PROFONDIS CLAMAVI

나는 네 동정심에 애원한다, 내 마음이 추락한 깊은 어둠 속에서,
내가 사랑하는 유일한 사람, 그대여.
그곳은 밤이면 공포와 신성모독이 떠도는,
납빛 수평선에 둘러싸인 음울한 세계다;

열기 없는 태양이 여섯 달 그 위에 뜨고,
나머지 여섯 달은 밤이 땅을 덮는다;
이곳은 극지보다 더 벌거벗은 나라다;
—짐승도, 개울도, 녹음도, 숲도 없는![70]

그런데 얼음 태양의 차가운 잔혹함과
그 옛날 혼돈과도 같은 이 무한한 밤보다
더한 공포는 세상에 없다;

어리석은 잠에 빠질 수 있는,

---

70 태양이 있어 따듯하면 식물이 결실을 맺어 수확을 할 수 있고, 밤에는 편안히 잠을 잘 수 있어야 하는데 시인이 보는 세상은 해가 가려지는 신성모독의 땅이고, 밤에도 잠을 이룰 수 없는 공포의 땅이다.

가장 천한 동물들의 운명을 나는 시기한다,
그만큼 시간의 실타래는 천천히 감긴다!

흡혈귀

LE VAMPIRE

칼로 찌르듯이 너는,
불평하는 내 마음속에 들어왔다;
악마의 무리처럼 강하고,
미쳐 날뛰며 태세를 갖춘 네가,

모욕당한 내 정신으로
네 잠자리와 활동무대를 만들러 왔다;
—나는 파렴치한에게 매여 있다
도형수가 사슬에 매인 것처럼,

끈덕진 도박꾼이 도박에 매인 것처럼,
술꾼이 술병에 매인 것처럼,
시체가 구더기에 매인 것처럼,
—저주받은 이여, 네게 저주가 있기를!

나는 자유를 쟁취하기 위해
빠른 검에게 간청했다,
그리고 나의 비겁함을 도와달라고
해로운 독에게 이야기했다.

아아! 검과 독은
나를 경멸하며 말했다:
“넌 저주받은 노예 상태에서
벗어날 자격이 안 돼,

바보 녀석! —만에 하나 우리가 노력해서
그녀의 제국으로부터 네가 해방된다면,
네 입맞춤은 흡혈귀의
시체를 되살리리라!”

내가 끔찍한 유대 여인 곁에 있었던 어느 날 밤

UNE NUIT QUE J'ÉTAIS PRÈS D'UNE AFFREUSE JUIVE

내가 끔찍한 유대 여인 곁에 있었던 어느 날 밤,
시체를 따라 누운 시체처럼,
이 돈에 팔린 몸 가까이에서 내 욕망이 스스로 포기한
그 슬픈 미인을 생각하기 시작했다.

나는 상상해보았다, 타고난 그녀의 위엄과,
활기차고 우아한 그녀의 시선과,
그녀에게 향기로운 투구를 만들어주고,
사랑의 힘으로 그 추억이 나를 생기 있게 하는 그녀의 머리털을.

왜냐하면 나는 고상한 네 몸에 열렬히 입을 맞췄을 테고,
너의 차가운 발부터 땋은 검은 머리까지
깊은 애무의 보물을 펼쳤을 것이기에,

어느 날 저녁, 아 잔혹한 여인들의 여왕이여!
네가 단지, 힘없이 흐르는 눈물로,
네 차가운 눈동자의 빛을 어둡게 할 수만 있다면.

사후의 회한

REMORDS POSTHUME

침울한 나의 미인이여, 검은 대리석으로 지어진
묘소의 깊은 곳에서 네가 잠들 때,
그리고 네가 가진 규방과 저택이라곤
비가 들이치는 지하 납골소와 움푹 파인 묘혈뿐일 때;

묘석이 소심한 너의 가슴과
매력적인 무심함으로 유연해진 네 옆구리를 짓눌러서,
네 심장이 고동치는 것과 바라는 것을 가로막고,
네 발이 모험적인 외출을 감행하지도 못하게 할 때,

무한한 내 꿈을 들어줄 친구, 무덤은
(무덤은 늘 시인을 이해할 테니),
잠이 없어진 기나긴 그 밤 동안에,

네게 말하리라: "불완전한 유녀[71]여, 죽은 자들이
애원하는 것을 알지 못했다는 게 당신에게 무슨 소용이 있는가?"
—그리고 구더기는 네 몸을 마치 회한처럼 갉아먹으리라.

---

71 원문에서는 코르티잔(courtisane). 고대 그리스의 부유하고 교양 있는 유녀(遊女).

고양이

LE CHAT

아름다운 나의 고양이, 사랑하는 내 마음으로 오라;
네 발의 발톱을 감추고,
금속과 마노가 뒤섞여 있는
아름다운 네 눈 속에 나를 잠기게 해다오.

내 손가락이 네 머리와 유연한 등을
한가로이 애무할 때,
그리고 내 손이 전기를 일으키는 네 몸을 만지는
즐거움에 취할 때,

나는 마음으로 내 여인을 본다. 그녀의 시선은,
사랑스런 짐승, 너의 그것처럼,
깊고도 차가워, 투창처럼 자르고 벤다,[72]

그리고, 발부터 머리까지,

---

72 '그녀의 시선'이 '너의 그것'과 같다고 한 데서, 시인이 고양이를 만지면서 '정신적으로 사랑하는 여인'을 환기하는 것을 알 수 있다. 원문의 주에는 이 여인이 잔 뒤발이라는, 시인의 모델이 된 여인들 중 하나라고 쓰여 있다. 이는 시인의 '정신적인 여인'의 모델이 된 여인이 잔 뒤발이라고 보면 되겠다.

미묘한 공기, 위험한 향기가
그녀의 갈색 몸 주위에 떠돈다.

싸움[73]

DUELLUM

두 명의 전사들이 서로에게 달려들었다; 그들의 무기는
섬광과 피를 공중에 튀겼다.
이 놀이, 이 검이 부딪치는 소리는
신음하는 사랑에 사로잡힌 청춘의 소동이다.

검이 부러졌다! 마치 우리의 청춘처럼,
내 사랑아! 그러나 이빨들, 뾰족한 손톱들이,
곧 검과 배신한 단검에 복수한다.
오 사랑의 상처로 문드러진 성숙한 마음들의 분노여!

들고양이와 표범이 출몰하는 협곡에서
우리의 영웅들은, 거칠게 서로를 붙잡고, 굴렀다,
그리고 그들의 피부는 메마른 가시덤불에 꽃을 피우리라.

—이 심연, 이곳은 지옥이다, 우리의 친구들이 우글거리는!
후회가 남지 않게 뒹굽시다, 비정한 여장부여,
우리의 뜨거운 증오가 영원히 지속되도록!

---

73 원제목 "Duellum"은 '전쟁', '결투'를 뜻하는 라틴어이다. 1연은 전사들의 결투 장면으로 시작했지만 마지막 연은 연인들의 사랑싸움으로, 뜨거운 증오가 영원히 지속되도록 하자는 구절로 끝나기에 포괄적 의미에서 "싸움"이라고 번역했다.

발코니[74]

LE BALCON

추억의 어머니, 애인 중의 애인,
오 너는, 나의 모든 기쁨! 오 너는, 나의 모든 의무!
너는 애무의 아름다움을 기억하리라,
난로의 온화함과 저녁의 매력을,
추억의 어머니, 애인 중의 애인!

석탄의 뜨거운 열기로 밝혀진 저녁들,
그리고 장밋빛 연무로 덮인 발코니에서의 저녁들.
네 가슴은 내게 얼마나 달콤했던지! 네 마음은 내게 얼마나 좋았던지!
우리는 자주 불멸의 것들에 대해 이야기했다
석탄의 뜨거운 열기로 밝혀진 저녁들.

따듯한 저녁 무렵의 태양은 얼마나 아름다운지!
공간은 얼마나 깊고! 마음은 얼마나 힘찬지!
내가 네게 몸을 구부릴 때, 사랑받는 여인들의 여왕이여,
나는 네 피의 향기를 들이마시는 것 같았다.

---

74 각 연이 5행으로 이루어진 총 6연의 시다. 첫 행이 다섯 번째 행에서 되풀이되면서 풍부한 음악성을 주고 있다.

따듯한 저녁 무렵의 태양은 얼마나 아름다운지!

밤은 장벽처럼 두꺼워졌지,
그리고 내 눈은 어둠 속에서도 네 눈동자를 알아보았다,
그리고 나는 네 숨결을 마셨지, 오 달콤함이여! 오 독이여!
그리고 네 발은 형제 같은 내 손 안에서 잠들었다.
밤은 장벽처럼 두꺼워졌지.

나는 행복한 순간들을 불러일으키는 방법을 안다,
그리고 네 무릎에 웅크린 내 과거를 다시 보았다.
사랑하는 네 몸과 몹시도 부드러운 네 마음이 아닌
다른 곳에서 무기력한 너의 아름다움을 찾아봐야 무슨 소용 있는가?
나는 행복한 순간들을 불러일으키는 방법을 안다!

이 맹세, 이 향기, 무한한 이 입맞춤은,
측량할 수 없는 심연에서 다시 태어날 것인가,
심해 저 밑바닥에서 몸을 씻고 난 후
다시 젊어진 태양이 하늘에 떠오르듯이?[75]
—오 맹세! 오 향기! 오 무한한 입맞춤이여!

75 시간이 흐르면서 과거의 추억은 마치 새롭게 떠오르는 태양처럼 행복하고 즐거웠던 기억만을 남긴다.

사로잡힌 자[76]

LE POSSÉDÉ

태양이 어둠으로 덮였다. 그처럼,
오 내 인생의 달이여! 어둠으로 너를 포근하게 감싸라;
너 좋을 대로 자든지 담배를 피우든지; 침묵하고, 침울해하라,
그리고 온통 **권태**의 심연에 잠겨라;

이렇게 나는 너를 사랑한다! 그렇지만, 네가 오늘,
그늘에서 나온 이지러진 천체처럼,
광기로 혼잡해진 현장에서 으스대고 싶다면,
좋다! 매력적인 단검이여, 네 칼집에서 나와라!

샹들리에의 불빛으로 네 눈동자를 밝혀라!
시골뜨기들 시선 속의 욕망을 자극해라!
너의 모든 것은 병적이거나 활발하거나, 내게 즐거움이다;

네가 바라는 대로 되어라, 어두운 밤이든 붉은 여명이든;

---

76 소네트로 쓰인 시다. 사랑하는 여인을 달에 비유했다. 시인은 사랑을 묘사할 때 '검'과 '독'으로 표현하는데, 여기서는 '단검'으로 묘사했다.

전율하는 내 온몸에서 이렇게 외치지 않는 세포는 하나도 없다:
오 나의 소중한 **마왕**이여, 나는 너를 열렬히 사랑한다![77]

77 '너' 라고 부르는 달이 첫 연에서 여성인데 셋째, 넷째 연에서 남성으로 되어 있다. 이 차이는 둘째 연에서 칼집에서 나온 단검 때문이다. 단검은 남성이기도 하지만 칼집에서 칼이 나왔을 때는 사용하기 위해서다. 곧 행동을 의미한다.

환영

UN FANTÔME

I. 어둠[78]

운명이 이미 나를 유형에 처한 곳;
장밋빛 광선은 한 줄기도 들어가지 못하는 곳;
깊이를 헤아릴 수 없는 슬픔의 지하실,
침울한 여주인, 밤과 홀로 있는 곳,

나는 조롱하는 신이 아아! 어둠 위에,
그림을 그리도록 강요한 화가와 같다;
그곳에서, 음산한 욕구의 요리사인,
나는 내 심장을 끓이고 먹는다,

우아함과 찬란함으로 이루어진 유령이
순간적으로 빛나고, 그리고 늘어나고, 그리고 드러난다.
꿈꾸는 듯한 동양적인 모습으로,

유령이 온전한 크기로 드러나면,

---

78 역시 소네트로 쓰인 시다. 시인이 사랑하는 여인의 실체가 유령임을 알 수 있다.

나는 아름다운 방문객을 알아본다:
그녀다! 검지만 빛나는.

Ⅱ. 향기[79]

독자여, 그대는 이따금 도취해서
천천히 음미하며 맡아보았는가
교회를 채우고 있는 희미한 향기를,
혹은 향주머니에 배어 있는 사향 냄새를?

우리를 취하게 하는 깊고 마술적인 매력,
현재 속에 되살아난 과거!
이렇게 연인은 사랑하는 여인의 몸에서[80]
추억의 매혹적인 꽃을 딴다.

생생한 향주머니, 규방의 향로인,
유연하고 묵직한 그녀의 머리털에서,
어떤 향기가 올라왔다, 엷은 황갈색 야생의 향기가,[81]

---

79 소네트. 이 시에서 시인은 독자를 시인의 시 사상으로 끌어들인다.

80 여기서 교회가 사랑하는 몸으로 비유되었다. 시인은 독자를 끌어들여 연인으로 비유해 교회의 냄새를 함께 맡고, 추억의 꽃을 딴다. 현재 속에 되살아난 과거, 교회 안에 밴 야생의 냄새를 맡는다.

81 황갈색 야생의 향은 짐승의 향을 의미한다. 4연에서도 순수한 청춘이 배어 있는 모슬린이나 벨벳 옷에서도 모피의 냄새, 즉 짐승의 털 냄새가 난다고 하는데 1연에서

그리고 그녀의 순수한 청춘이 온통 배어 있는,
모슬린이나 벨벳 옷에서,
모피의 향이 풍겼었다.

Ⅲ. 액자[82]

그림이 매우 칭찬받는 화가의 것이라 해도,
아름다운 액자가 덧붙여지는 것처럼,
그녀를 무한한 자연으로부터 떼어놓고는
기묘하고 매혹적인 무언가를 나는 알지 못한다,

이렇게 보석, 가구, 금속, 금박은,
그녀의 드문 아름다움에 정확히 꼭 어울렸다;
아무것도 그녀의 완벽한 빛을 가로막지 못했다,
그리고 모든 것은 그녀에게 액자로 사용되는 것 같았다.

그녀는 모두가 그녀를 사랑하길 원한다고 믿는 듯했으며;
그녀는 벌거벗고 관능에 젖어들었다고

말했듯이 그 향이 바로 교회에서 나는 향이다. 우리는「싸움」에서 시인이 말하는 청춘의 의미를 이미 살펴보았다. 이 시에서 우리는 향에 취해서 '현재 속에 되살아난 과거' 교회의 청춘 시절이 싸움과 같았음을 알 수 있다.

82 소네트. 아름다운 여인은 자연의 모든 것이 다 그 아름다움에 잘 어울려서, 마치 그림을 끼우는 액자처럼 그녀의 아름다움을 돋보이게 한다. 아무것도 그 아름다움의 빛을 가리지 못한다.

이따금씩들 말했다[83]

새틴과 리넨의 입맞춤 속에서,
그리고, 느리게 또는 갑작스럽게, 몸을 움직일 때마다
원숭이 같은 유치한 교태를 보여주었다고.[84]

Ⅳ. 초상화

질병과 **죽음**은 우리를 위해 타올랐던
모든 불을 잿더미로 만든다.
몹시도 열렬하고도 다정스런 이 커다란 눈에,
내 마음이 빠져들었던 이 입술에.

위안처럼 강렬한 이 입맞춤에,
빛보다 더 생생한 이 열정에,
무엇이 남아 있는가? 소름이 끼친다, 오 내 영혼아!
세 자루 색연필[85]로 그린 아주 희미한 그림밖에는 아무것도,

그것은, 나처럼, 고독 속에 사라져가고,

---

83 '벌거벗음'에 관해서는 「나는 벌거벗은 시대의 추억을 좋아한다」를 참고하면 될 듯하다.

84 그녀의 유치한 교태조차도 그녀의 아름다움을 돋보이게 하는 것 같다.

85 검정, 빨강, 하양의 삼색.

그리고 모욕적인 늙은이, 시간이,
매일 그 거친 날개로 몸을 문지르는 것밖에는 아무것도……

삶과 **예술**의 검은 학살자인,
너는 결코 내 기억 속에서 죽이지 못하리라
내 기쁨이자 내 영광이었던 그녀를![86]

---

86 시간이 지나면서 즐거움을 주었던 모든 것들은 다 재가 된다. 하지만 시인의 영원한 아름다움인 그녀는 시간도 지우지 못하는 기억 속에 존재한다. 시인의 '기쁨이자 영광이었던 그녀'는 시인의 '완벽한 아름다움', '이상'이다.

네게 이 시를 주노니

JE TE DONNE CES VERS

나는 네게[87] 이 시를 주노니 만일 내 이름이
다행히 머나먼 후대에 이르러,
어느 날 저녁 사람들의 두뇌를 꿈꾸게 한다면,
거대한 북풍에 밀려가는 배여,

불확실한 전설과도 같은 너의 기억이,
팀파논[88]처럼 독자를 피로하게 하고,
형제 같은 신비한 고리에 의해
나의 고고한 운율에[89] 매달린 것처럼 남게 하기 위하여;

깊은 심연으로부터 하늘 높은 곳에 이르기까지,
나 이외에, 아무것도 대답하지 않는 자에게 저주가 있기를![90]

---

87 여기에서 '너'를 독자라고 생각하기 쉽다. 그러나 '너의 기억이 독자를 피로하게 한다'는 구절과 '너'는 '형제 같은'이나 '너를 가혹하다고 판단했던 어리석은 사람들을 가벼운 발과 평온한 시선으로 밟는구나.'란 표현으로 볼 때, 시인의 이상의 여인이 재림예수의 모습과 흡사함을 볼 수 있다.

88 팀파논 : 그리스, 로마 시대의 북. 오늘날 팀파니의 어원이다.

89 「축복」에서 보았던 '나의 신비한 왕관', '순수한 빛으로만 만들어진 아름다운 왕관'은 모든 시간과 온 우주를 들여 짠 '왕'의 지위에 걸맞은 시들로 된 것이라 여기 '고고한 운율'이란 표현과 부합하는 것을 볼 수 있다.

90 시인은 자신의 시에 독자가 대답을 해주길 원하고 있다.

—오 너는, 마치 일시적인 흔적만 남기고 사라지는 그늘처럼,

너를 가혹하다고 판단했던 어리석은 사람들을
가벼운 발과 평온한 시선으로 짓밟는구나,
흑옥의 눈을 한 조상, 청동 이마의 위대한 천사여!

언제나 이대로

SEMPER EADEM

"벌거벗은 검은 바위 위로 바닷물처럼 올라오는 낯선 이 슬픔은,
어디에서 당신에게로 오느냐고 당신은 말했었죠?"
―우리 마음이 한번 수확을 끝내면,
산다는 것은 고통. 이건 모두가 아는 비밀이다,

아주 단순하고 신비하지도 않은 고통,
그리고, 당신의 기쁨처럼, 모두에게 명백한 것.
그러니 더 이상 찾으려 하지 마시오, 호기심 많은 미인이여!
그리고, 당신의 목소리는 달콤하지만, 입을 다무시오!

입을 다무시오, 무식한 여자여! 언제나 기쁜 영혼이여!
치기 어린 웃음 머금은 입이여! **삶**보다 더더욱,
죽음은 자주 미묘한 관계로 우리를 붙잡는구나.

내버려두시오, 내 마음이 *거짓*[91]에 취하고,
아름다운 꿈속처럼 당신의 아름다운 눈 속에 잠기도록,
그리고 당신의 속눈썹 그늘에 오랫동안 잠들게 해주시오![92]

---

91 여기서 "거짓"의 의미는 '파리 풍경' 편에 나오는 「거짓에의 사랑」에서 '진실을 피하는 마음을 즐겁게 하기 위한 것'과 같은 맥락이다.

92 '낯선 슬픔'은 곧 '산다는 자체가 고통'이라는 데서 온다는 것을 알 수 있다. 한번

그녀는 온통

TOUT ENTIÈRE

악마가, 오늘 아침,
높은 내 방으로 나를 보러 왔다.
그리고, 내가 실수하는 현장을 덮치려고 애쓰면서,
내게 말했다: "나는 정말 알고 싶구나,

그녀의 매력을 빚어내는
모든 아름다운 것들 가운데,
매력적인 그녀의 몸을 이루는
검거나 혹은 장밋빛 나는 것들 가운데,

어떤 것이 가장 부드러운지." — 오 내 영혼아!
너는 몹시 **증오스런 자**[93]에게 대답했다:
"**그녀**에게는 모든 것이 위안인 이상,
지금보다 좋은 건 아무것도 없다.

경험을 하고 나면, 누구나 다 아는 평범한 비밀, 그러니 시인의 호기심 많은 여인이 삶에 대해 알고자 하고 말하는 것은 무식한 소치이다. 그래서 입을 다물라는 표현이 2번이나 연속적으로 나온다. 시인은 그냥 거짓에 취해 조용히 아름다운 그녀의 눈썹 그늘에서 쉬고 싶다고 말한다.

93 악마.

모든 것이 나를 황홀하게 했을 때, 나는 모른다
어떤 것이 나를 유혹했는지는.
그녀는 **새벽빛**처럼 눈부시고
밤처럼 위로한다;

또 아름다운 그녀의 온몸을 감싸는,
조화는 너무도 미묘해서,
무능력한 분석으로는 그 수많은 조화의 일치를
기록할 수가 없다.

나의 모든 감각이 하나로 녹아든
오 신비한 변모여!
그녀의 숨결은 음악을 만든다,
마치 그녀의 목소리가 향기를 내듯이!"

오늘 저녁 너는 무슨 말을 할까

QUE DIRAS-TU CE SOIR, PAUVRE ÂME SOLITAIRE

오늘 저녁 너는 무슨 말을 할까, 가엾고도 고독한 영혼이여,
예전에 시든 내 마음이여, 너는 무슨 말을 할까,
신성한 시선으로 갑자기 너를 다시 꽃피게 했던
아주 아름다운 여인에게, 아주 착한 여인에게, 아주 소중한 여인에게?

—우리는 그녀를 칭찬하는 것을 자랑거리로 삼으리
그녀의 부드러운 권위만큼 가치 있는 건 아무것도 없다;
그녀의 정신적인 육체는 **천사들**의 향기를 지니고 있고,
그녀의 눈은 우리에게 빛의 옷을 입힌다.

밤이든 고독 속이든,
거리에서든 대중 속에서든,
그녀의 환영은 공중에서 횃불처럼 춤을 춘다.

이따금 그 환영은 말한다: "나는 아름답다, 그러므로 명하노니
나에 대한 사랑을 위하여 당신들은 오직 **아름다움**만을 사랑하라;
나는 **수호천사**, 뮤즈, 그리고 **마돈나**[94]다."

---

94 마돈나 : 성모 마리아.

살아 있는 횃불

LE FLAMBEAU VIVANT

학식 높은 **천사**가 자성(磁性)을 띠게 한 것이 틀림없는
빛으로 가득한 이 눈들, 그들이 내 앞에서 걷는다;
내 형제들, 이 신성한 형제들이 걷는다,
다이아몬드처럼 빛나는 그들의 불꽃을 내 눈에 흔들면서.

그들은 모든 함정과 모든 심각한 죄악으로부터 나를 구하고,
내 발을 **아름다움**의 여정으로 인도한다;
그들은 나의 하인, 나는 그들의 노예;
나의 온 존재는 이 살아 있는 횃불에 복종한다.

매혹적인 **눈동자**여, 당신들은 대낮에 타오르는 촛불처럼
신비한 빛으로 빛난다; 태양이
붉게 물들지만, 그들의 환상적인 불꽃을 끄지 못한다;

그들은 **죽음**을 찬양하고, 당신들은 각성을 노래한다[95];
당신들은 내 영혼의 **각성**을 노래하며 걷는다,
그 어떤 태양도 불꽃을 퇴색시킬 수 없는 별들이여!

---

95 '그들'은 앞의 두 연에서 강조된 살아 있는 불꽃들로, '그들'은 죽음을 찬양한다. 3 · 4 연에서 '당신들'은, 태양도 퇴색시킬 수 없는 별들, 영혼의 각성을 노래한다.

공덕

RÉVERSIBILITÉ

기쁨으로 가득한 **천사**여, 그대는 고뇌를 아는가,
수치심, 회한, 흐느낌, 권태를,
그리고 구겨버린 종이처럼 마음을 짓누르는
끔찍한 이 밤의 막연한 공포를?
기쁨으로 가득한 **천사**여, 그대는 고뇌를 아는가?

선함으로 가득한 **천사**여, 그대는 증오를 아는가,
어둠 속에서 불끈 쥔 주먹과 담즙 같은 눈물을,
복수가 지옥의 소집 나팔을 불고,
대장이 우리의 재능을 자기 것으로 할 때?
선함으로 가득한 **천사**여, 그대는 증오를 아는가?

건강으로 가득한 **천사**여, 그대는 **간헐열 환자**들을 아는가,
창백한 양로원의 거대한 벽을 따라서,
추방된 자들처럼, 드문 햇볕을 찾아서 입술을 우물거리며,
느릿한 걸음걸이로 가버리는 사람들을?
건강으로 가득한 **천사**여, 그대는 **간헐열 환자**들을 아는가?

아름다움으로 가득한 **천사**여, 그대는 주름살을 아는가,

늙어가는 두려움을, 그리고 우리의 갈망하는 눈이
오래도록 목을 축여온 눈동자 속에서,
헌신에 대한 비밀스런 공포를[96] 읽는 이 불길한 고통을?
아름다움으로 가득한 **천사**여, 그대는 주름을 아는가?

행복과, 기쁨 그리고 빛으로 가득한 **천사**여,
죽어가는 **다윗 왕**이라면
마력을 지닌 네 몸의 발현에 건강을 구했으리라;
그러나 나는 네게 간청한다, 천사여, 너의 기도만을,
행복과, 기쁨 그리고 빛으로 가득한 **천사**여!

---

96 여기서 시인은 천사가 신에 대한 헌신에 비밀스런 공포를 가진 것을 본다. 시인 자신도 공포를 느끼는 점이 있는데, 지옥과 고통을 선택한 삶을 사는 다른 사람들을 시샘하는 자신을 보고 느낀 공포다. 이 주제는 「도박」에서 확인할 수 있다.

고백

CONFESSION

한 번뿐인, 단 하나의, 사랑스럽고 감미로운 여인,
　　　당신이 매끈한 팔을 내 팔에
기댔다(내 영혼의 어두운 밑바닥에서
　　　이 추억은 조금도 빛이 바래지 않는다);

늦은 시간이었다; 새 메달처럼
　　　보름달이 걸렸었고,
장중한 밤이 강물처럼,
　　　잠자는 **파리** 위로 흐르고 있었다.

그리고 집들을 따라서, 큰 대문 아래로,
　　　고양이들이 은밀히 빠져나와,
경계하고 살피며, 혹은 정다운 그림자처럼,
　　　천천히 우리를 따르고 있었다.

갑자기, 창백한 빛에 나타나는
　　　자유로운 친밀함 가운데,
빛나는 기쁨만이 전율하는
　　　풍요롭고 소리 나는 악기인, 당신에게서,

눈부신 아침에, 팡파르처럼
　　　　밝고도 즐거운 당신에게서,
탄식하는 가락, 이상한 가락이
　　　　비틀거리면서 새어나왔다,

가족들도 부끄러워했을,
　　　　그리고 사람들에게서 감추기 위해,
작은 지하실에 오랫동안 몰래 숨겨두었을,
　　　　허약하고, 끔찍하고, 어둡고, 더러운 여자아이처럼.

가엾은 천사, 그녀는 귀에 거슬리는 가락을 노래하듯 말했다:
　　　　"여기 낮은 곳에는 확실한 게 아무것도 없다,
그리고 약간의 배려심으로 분칠을 해서라도
　　　　인간의 이기주의를 늘 드러낸다;

아름다운 여인이 된다는 건 힘든 노릇이다,
　　　　그리고 기계적인 미소를 띠고
황홀해하는 쌀쌀맞고 분별없는 무용수의
　　　　진부한 짓이기도 하지.

마음 위에 무엇을 세운다는 것은 어리석은 일이다;
　　　　사랑도, 아름다움도, 모두 무너진다,
그것들을 **영원**으로 돌려보내기 위하여
　　　　망각이 그것들을 채롱에 던져버릴 때까지는!"

나는 자주 떠올렸다 매혹적인 이 달과,
　　　　이 침묵과 이 무기력,
그리고 마음의 고해실에서 속삭여진
　　　　이 무서운 속내 이야기를.

영혼의 새벽

L'AUBE SPIRITUELLE

진홍빛 감도는 하얀 새벽빛이
좀먹은 **이상**[97]과 함께 난봉꾼의 집에 스며들 때,
응징하는 신비한 작용에 의해
졸고 있던 짐승 속에서 한 천사가 깨어난다.

아직 꿈속에서 괴로워하는 내쳐진 인간에게,
다다를 수 없이 푸르른 **영적인 하늘**이
심연의 매력과 함께 열리더니 깊이 빠져든다.
이렇게, 명철하고 순수한 **존재**인 소중한 **여신**[98]이여,

어리석은 대향연의 연기 피어오르는 잔해 위로
더 맑고, 더 장밋빛 나고, 더 매력적인 너의 추억이,
커진 내 눈에 끊임없이 떠오른다.[99]

---

97 '이상'은 인간의 상상으로 만든 것이다. 밝은 새벽빛이 굳이 좀먹은 이상과 함께 들어온다는 것은 인간이 새벽빛을 잘못된 또는 변질된 이상으로 굴절시켜 보는 것이라고 이해할 수 있다.

98 '응징하는 신비한 작용'에 의해서 깨어난 천사와 소중한 여신은 같은 존재이다.

99 '어리석은 대향연'은 '난봉꾼'의 활동을 보여준다. '연기 피어오르는 잔해' 위로 '너의 추억'이 '커진 내 눈에' '끊임없이 떠오른다'에서는 놀랄 만한 장면을 보았음을 상상할 수 있다.

태양은 촛불을 검게 했다;
이렇게, 언제나 승리하는, 너의 환영은,
빛나는 영혼이여, 불멸의 태양과도 같다![100]

100 「살아 있는 횃불」에서는 대낮에 촛불이 타오르면 태양이 붉게 물들어도 그 환상적인 불꽃을 끄지 못한다고 했는데, 이 시에서는 태양 때문에 촛불이 검어졌다(촛불을 껐다)고 했다. 그리고 '너의 환영'은 '빛나는 영혼', '불멸의 태양'이라고 찬사를 보낸다. 곧 천사, 여신, 너의 환영이 난봉꾼들을 응징하는 장면을 3연의 '연기 피어오르는 잔해'로 추론할 수 있다.

저녁의 조화[101]

HARMONIE DU SOIR

이제 그 줄기 위에서 전율하는 때가 이르러
꽃마다 향로처럼 향기를 발산한다;
소리와 향기가 저녁 하늘에 빙빙 돈다;
우울한 왈츠 그리고 무기력한 현기증!

꽃마다 향로처럼 향기를 발산한다;
바이올린은 상처 받은 마음처럼 전율한다;
우울한 왈츠 그리고 무기력한 현기증!
하늘은 대제단처럼 슬프고 아름답다.

바이올린은 상처 받은 마음처럼 전율한다,
거대하고 검은 허무를 미워하는 민감한 마음![102]

101 이 시는 각 연의 2행이 그 다음 연의 1행으로 되풀이되고 각 연의 4행이 다음 연의 3행으로 되풀이되면서 시 자체가 마치 빙빙 도는 어지러운 왈츠처럼 이어지고 있다.

102 '전율하는 바이올린'은 '민감한 사람'을 의미한다. '거대하고 검은 허무를 미워하는 마음'을 사람들이 괴롭혀서 마치 바이올린처럼 전율한다. 하늘인 대 제단이 검은 무한에 바쳐져서 슬프다는 것으로 볼 수 있다. 하늘이 대 제단 같다는 것은 태양에게 바쳐지는 종교적인 모습이다. 시인의 시에서 시인은 태양으로 비유된다. 그 제단이 슬프다는 것, 태양이 굳어지는 피 속에 잠겼다는 것은 사람들이 흘린 피, 그 피로 태양이 움직일 수 없다, 활동할 수 없다는 뜻으로 볼 수 있다.

하늘은 대제단처럼 슬프고 아름답다;
태양은 굳어지는 피 속에 잠겼다.

거대하고 검은 허무를 미워하는 민감한 마음은,
빛나는 과거의 모든 유적을 거둬들인다![103]
태양은 굳어지는 피 속에 잠겼다……
나에게 너의 추억은 마치 성체 현시대[104]처럼 빛난다!

---

103 검은 허무 이전의 빛나는 과거에서 시인은 태양이 굳어지는 피 속에 잠기기 전의 활동에 대한 유적을 발견한다.

104 성체 현시대 : 가톨릭 교회에서 성체 강복 때에 성광을 올려놓는 대.

향수병

LE FLACON

모든 물질을 투과하는 강한 향기가 있다.
사람들은 그 향기가 유리도 뚫을 거라고들 한다.
삐걱거리고 소리를 지르는 자물쇠가 달린
동양에서 온 작은 상자를 열 때,

혹은 황량한 집에서, 시커멓고 먼지 낀,
시간의 자극적인 냄새로 가득한 어떤 가구를 열 때,
다시 돌아온 영혼이 생생하게 솟아나는
추억 속의 낡은 향수병을 간혹 발견한다.

이 음울한 번데기에는 수많은 생각이 잠자고 있다.
그것들은 묵직한 어둠 속에서 부드럽게 전율하다가
하늘빛을 칠하고, 장밋빛 윤을 내고, 금박으로 장식해서,
날개를 펴고 비상을 한다.

여기 나부끼며 취하게 하는 추억이 있다
탁해진 공기 중에; 눈을 감고; **현기증**은
정복된 영혼을 붙잡고 두 손으로 그것을 밀어낸다
인간의 역한 냄새로 어두워진 심연 쪽으로;

그리고 오래 묵은 심연 가장자리로 그 영혼을 집어던진다,
그곳에서, 냄새 나는 **나사로**가[105] 수의를 찢으며,
깨어날 때에 썩은 냄새 나는 옛사랑의,
매력적이고 음울한 유령 같은 시체가 움직인다.

이렇게, 음울한 가구 귀퉁이에서
내가 사람들의 기억 속에 방황할 때,
사람들이 낡고 쓸쓸한, 황량하고, 먼지 끼고, 더럽고,
비참하고, 끈적거리고, 금이 간 향수병인 나를 던져버렸을 때,

나는 네 관이 되리라, 사랑스러운 악취여!
네 힘과 네 유독성의 증인이 되리라,
천사들이 준비한 소중한 독! 나를
갉아먹는 액체, 오 내 마음의 삶과 죽음이여![106]

---

105 성경에서 예수는 죽은 나사로를 다시 살린다.

106 도취된 영혼을 붙잡아 심연으로 던지자 추억의 환기가 일어난다. 낡은 향수병은 추억을 담은 악취의 관이 되고 그 향수병인 나, 시인은 천사들이 준비한 그 독의 힘과 유독성의 증인이 되리라고 말한다. 시인은 그 독, 사랑하는 여인, 다시 말해서 악취 나는 추억의 증인이라고 말하고 있다.

독[107]

LE POISON

술은 가장 더러운 빈민굴에 옷을 입힐 수 있다
기적처럼 사치스럽게,
전설적인 회랑을 여러 개씩 솟아나게도 한다,
붉은 연무의 황금빛 속에,
마치 구름 낀 하늘에 저무는 태양처럼.

아편은 경계 없는 것을 확장하고,
무한을 연장한다,
시간을 깊이 파고들고, 관능을 파헤친다,
그리고 불길하고 구슬픈 쾌락으로
그 능력을 초월해 영혼을 채운다.

그 모든 것이 네 초록빛 눈, 네 눈에서 흘러나오는
독에 비할 바가 못 된다,
내 영혼이 떨며 나 자신을 거꾸로 비추어 보는 호수여……
내 꿈들이 떼지어 가서

107 술이나 아편보다도 더욱 강력한 능력으로 시인을 무한으로 데려가는 것으로는, 네 눈에서 나오는 독과 네 침만 한 것이 없다.

이 씁쓸한 심연에서 갈증을 푼다.

그 모든 것은 내 영혼을 회한 없이 망각 속에 빠뜨리고,
그리고, 현기증을 실어다가,
쇠약한 내 영혼을 죽음의 강가로 끌고 가고,
침식시키는 네 침의
무시무시한 그 기적에 비할 바가 못 된다!

흐린 하늘

CIEL BROUILLÉ

네 시선이 안개로 가려져 있다고 사람들은 말하리라;
부드럽다가, 생각에 잠겼다가, 잔혹해지기도 하는
신비한 네 눈은(그것은 푸른색, 회색 아니면 녹색?)
무심하고 창백한 하늘을 비춘다.

마음들을 고문하는 알 수 없는 고통으로 동요되어,
과하게 예민해진 신경들이 잠자는 정신을 비웃을 때,
너는 미온적으로 희미하게 가려진 듯한,
매혹된 마음들을 눈물로 녹게 만든 이 하얀 날들을 생각나게 한다.[108]

너는 이따금 안개 낀 계절에 태양이 불을 붙이는
아름다운 저 지평선을 닮았다……
안개 낀 하늘에서 떨어지는 빛살에 붉게 물든
젖은 풍경처럼, 너는 어찌나 빛이 나는지!

---

108 이 시에 나오는 여인의 눈을 흐린 하늘에 비유했다. 둘째 연에서 '이 하얀 날들' 역시 가려져서 여인의 눈이 하얀 날들을 생각나게 한다. '과하게 예민해진 신경들' 이 '잠자는 정신을 비웃을 때', '매혹된 마음들을 눈물로 녹게 만든 이 하얀 날들' 이다. 그날이 가려진 날이다.

오 위험한 여인이여, 오 매력적인 기후여!
나 또한 너의 눈(雪)과 서리를 사랑하게 되면,
냉혹한 겨울에서 얼음과 쇠보다
더 날카로운 쾌락을 끌어낼 수 있게 될까?[109]

---

109 이 여인은 안개 낀, 흐린 날의 석양에 물든 젖은 풍경으로 아름답고 빛이 난다. 시인은 '위험한 여인', '매력적인 기후'라고 하면서 겨울을 소환한다. 매력적이란 표현은 반어법으로, 위험하기에 끌린다고 생각할 수 있다. 냉혹한 겨울과 같은 그곳, 위험한 그 여인에게서 과연 날카로운 쾌락을 끌어낼 수 있을지? 여인의 눈이 안개로 가려져 있고, 기후는 추운 겨울과 같다는 데 주목해야 한다.

고양이

LE CHAT

I

강하고, 부드럽고, 매력적인 아름다운 고양이 한 마리,
마치 자기 방인 양,
내 머릿속을 산책한다.
그놈이 울면, 간신히 그 소리가 들린다,

그만큼 그 음색은 부드럽고 사려 깊다;
그러나 안정되어 있을 때든 으르렁거릴 때든,
그 목소리는 언제나 풍요롭고 깊이 있다.
그의 매력과 비밀은 바로 그것.

구슬같이 방울지고 스며나오는 이 목소리는
나의 가장 어둡고 깊은 곳에서,
수많은 시구처럼 나를 채우고
사랑의 미약처럼 나를 즐겁게 한다.

그 목소리는 가장 견디기 어려운 고통을 잠재우고
그리고 모든 황홀을 포함한다;

기나긴 문장을 말할 때도,
별다른 말이 필요 없다.

그렇다, 고양이는 완벽한 악기, 내 마음을
사로잡고 그리고 더 충실하게
내 마음의 가장 잘 떨리는 현을
노래하게 하는 활이,

네 목소리 외에는 없다, 신비한 고양이여,
천사 같은 고양이, 기이한 고양이여,
너에게 있는 모든 것이, 천사처럼,
조화로운 만큼 미묘하구나!

Ⅱ

그의 황금빛 도는 갈색 털에서
아주 기분 좋은 향기가 나서,
어느 날 저녁, 한 번, 단 한 번 쓰다듬었기에,
그 냄새가 내 몸에 배었다.

그는 장소에 친밀한 정령이다;
그의 제국에 있는 모든 것들을
판단하고, 지배하고, 영감을 준다;

어쩌면 그는 요정일까, 신일까?

마치 자석에 이끌리듯
사랑하는 이 고양이 쪽으로 쏠린 내 눈이,
얌전하게 방향을 틀어,
나 자신을 바라볼 때,

나는 놀라움으로
그의 눈동자의 창백한 불을 본다,
나를 뚫어지게 보고 있는,
생생한 오팔의 빛, 밝은 신호등을.[110]

---

110 고양이를 보다가 시선을 자신에게로 돌렸을 때, 시인은 자신에게서 고양이의 눈을 본다. 한 번 만졌을 뿐인데 냄새가 배어들고, 나 자신을 보는데 고양이의 눈이 나를 뚫어지게 보고 있다. 시인 자신이 고양이와 같아진 것이다.

아름다운 배[111]

LE BEAU NAVIRE

나는 네게 말하고 싶다, 오 부드럽고 매혹적인 여인이여!
너의 젊음을 꾸며주는 다양한 아름다움을;
　　　　어린 시절이 성숙에 맞닿아 있는
너의 아름다움을 네게 그려주고 싶다.

네가 넓은 치맛자락으로 허공을 가르며 걸어갈 때,
마치 바다로 나아가는 아름다운 배를 연상시킨다,
　　　　돛을 달고, 흔들리며 나아간다
부드럽고, 게으르고, 느릿느릿한 리듬을 따라서.

넓고 둥근 목 위에서, 통통한 어깨 위에서,
네 머리는 야릇한 매력을 뿜어내며 으스댄다;
　　　　평온하게 그리고 의기양양하게
너는 너의 길을 간다, 위풍당당한 아이여.

---

111 이 시는 총 10연으로 되어 있는데, 시인의 보떼의 아름다움을 세세히 묘사하고 있다. 1연은 4연에서 되풀이 되고, 2연은 7연, 3연은 10연에 되풀이 되어 나타난다. 나머지 연은 신체 부위의 아름다움을 그려놓은 연들이다. 5,6연은 가슴을, 8연은 다리, 9연은 팔을 묘사했다.

나는 네게 말하고 싶다, 오 부드럽고 매혹적인 여인이여!
너의 젊음을 꾸며주는 다양한 아름다움을;
어린 시절이 성숙에 맞닿아 있는
너의 아름다움을 네게 그려주고 싶다.

네 가슴은 앞으로 나아가며 물결무늬를 만든다,
의기양양한 네 가슴은 아름다운 가구다
볼록하게 부푼 그 밝은 널판은
방패가 번갯불과 마주 부딪친 듯하다;

장밋빛 뾰족한 끝으로 무장한, 도발적인 방패!
머리와 마음을 황홀하게 만들 좋은 것들,
포도주와, 향기와, 술로 가득 찬
감미로운 비밀의 가구여!

네가 넓은 치맛자락으로 허공을 가르며 걸어갈 때,
마치 바다로 나아가는 아름다운 배를 연상시킨다,
돛을 달고, 흔들리며 나아간다
부드럽고, 게으르고, 느릿느릿한 리듬을 따라서.

네 고귀한 두 다리는 주름 장식을 밀어내며,
그 아래 어두운 욕망을 뒤흔들고 자극한다,
마치 움푹한 항아리 속에다
시커먼 사랑의 미약을 휘젓는 두 마녀처럼.

조숙한 장사들쯤은 우습게 여길 만한 네 팔은,
빛나는 왕뱀의 확실한 적수다,
　　　　　　마음속에 네 연인을 각인하듯이
으스러지게 껴안기 위하여 만들어진 것이다.

넓고 둥근 목 위에서, 통통한 어깨 위에서,
네 머리는 야릇한 매력을 뽐어내며 으스댄다;
　　　　　　평온하게 그리고 의기양양하게
너는 너의 길을 간다, 위풍당당한 아이여.

여행에의 초대

L'INVITATION AU VOYAGE

나의 아이, 나의 누이여,
부드러움을 꿈꾸어보라
그곳에 가서 함께 산다는 것을!
한가롭게 사랑하고,
사랑하다 죽으리라,
너를 닮은 나라에서!
안개 낀 하늘의
젖은 태양은
내 마음에
신비로운 매력으로 다가온다
눈물로 반짝이는
보기보다 위험한 네 눈처럼.

그곳에서, 모든 것은 질서와 아름다움과,
사치와 평온 그리고 관능일 뿐이다.

세월이 내려앉아
반들반들 윤이 나는 가구들이,
우리의 방을 장식하리라;

희귀한 꽃들이
희미한 용연향 냄새에
그들의 향기를 섞고,
화려한 천장,
깊숙한 거울,
동양적인 찬란함,
모든 것이 그곳에서 말할 것이다
영혼에게 비밀스럽게
그 부드러운 고향의 언어를.

그곳에서, 모든 것은 질서와 아름다움과,
사치와 평온 그리고 관능일 뿐이다.

이 운하 위에서
잠자고 있는 배들을 보라
그들의 기질은 방랑하는 것;
그들이 세상 끝으로부터 온다
지극히 작은 네 욕망까지도
만족시키기 위해서.
—지는 해는
보랏빛과 금빛으로,
들판과 운하와 도시 전체에
옷을 입힌다;
세상은 따듯한 빛 속에

잠이 든다.

그곳에서, 모든 것은 질서와 아름다움과,
사치와 평온 그리고 관능일 뿐이다.

만회할 수 없는 일

L'IRRÉPARABLE

우리가 그 낡고 오래된 **회한**을 질식시킬 수 있을까,
　　　살아 있고 흔들리고 꿈틀거리는 그것을,
우리를 양식으로 삼는, 마치 송장에 들끓는 구더기 같고
　　　참나무를 갉아먹는 송충이 같은 그것을?
우리가 그 끈질긴 **회한**을 질식시킬 수 있을까?

어떤 사랑의 미약으로, 어떤 포도주로, 어떤 탕약으로,
　　　이 오랜 적을 빠져 죽게 할까,
창녀처럼 탐욕스러운 파괴자이자,
　　　개미처럼 참을성 많은 이 적을?
어떤 사랑의 미약으로, —어떤 포도주로, —어떤 탕약으로?

말해다오, 아름다운 마녀여, 오! 말해다오, 네가 그것을 안다면,
　　　부상자들에게 짓눌리고
말발굽에 으스러져 죽어가는 자처럼
　　　고뇌로 가득 찬 이 영혼에게,
말해다오, 아름다운 마녀여, 오! 말해다오, 네가 그것을 안다면,

늑대가 벌써 냄새를 맡고 까마귀가 감시하는,

이 빈사자에게, 기진맥진한 병사에게!
자기 십자가와 무덤을 갖는 것에
절망해야 하는지를;
늑대가 벌써 냄새를 맡은 가여운 이 빈사자에게!

진흙탕처럼 시커먼 하늘을 밝힐 수 있을까?[112]
별빛도 없고, 음울한 번개조차 없는,
아침도 없고 저녁도 없는, 송진보다 더 짙은
어둠을 찢을 수 있을까?
진흙탕처럼 시커먼 하늘을 밝힐 수 있을까?

여인숙 유리창에 빛나는 **희망**은[113]
꺼졌고, 영원히 죽었다!
달도 없고 빛도 없이, 험난한 길을 가는 순교자들이
머물 만한 곳을 어디서 찾을 것인가!
악마는 **여인숙** 유리창 불빛을 모두 꺼버렸다!

---

112 이 시에서 회한은 진흙탕처럼 시커멓고 송진보다 더 짙은 하늘이다. 원래 파랗고 맑은 하늘이 시커멓게 된 것이다. 시커멓고 짙은 하늘이 우리의 마음을 가리고 표적으로 삼아 독화살을 품고 있기 때문에 희망이 없음을 한탄하면서도 그래도 천사와 같은 한 존재에게 희망을 걸고 기다리는 시인의 마음을 그린 시다.

113 여인숙이라는 소재는 아주 재미있다. 보들레르의 산문시 「계획들」에서 보면, 연인을 우연히 만나 사랑을 나눌 장소는 화려한 궁전도 아담한 오두막도 아니다. 가볍게 움직이는 영혼이 사랑을 할 최적의 장소는 행복과 즐거움이 있는, 첫 번째 마주친 여인숙이다. 그러니 이 시에서 악마가 여인숙 유리창의 불을 모두 꺼버렸다는 것은 우리 영혼의 불을 꺼버렸다고 보아야 한다.

사랑스러운 마녀여, 너는 영벌 받은 사람들을 사랑하는가?
　　　　말해다오, 너는 용서할 수 없는 것을 아는가?
우리의 마음을 표적으로 한,
　　　　독을 품은 화살이 가진 **회한**을 아는가?
사랑스러운 마술사여, 너는 영벌 받은 사람들을 사랑하는가?

만회할 수 없는 일은 저주받은 이(齒)[114]로 갉아 먹는다
　　　　불행한 기념물, 우리의 영혼을,
그리고 흰개미처럼,
　　　　건물의 기초를 공격하곤 한다.
만회할 수 없는 일은 저주받은 이로 갉아 먹는다!

—이따금 나는 보았다, 보잘것없는 극장 한구석이
　　　　웅장한 오케스트라 연주로 뜨겁게 달아오를 때,
한 요정이 지옥과 같은 하늘에서
　　　　기적 같은 새벽 불을 켜는 것을;
나는 이따금 보잘것없는 극장 한구석에서 보았다

빛, 금 그리고 얇은 베일만 두른 한 존재가,
　　　　거대한 **악마**를 땅에 내리꽂는 것을;
그러나 결코 도취가 찾아오지 않는 내 마음은,[115]

114 회한.

115 시인을 시세계로 인도하는 것은 도취다. 그런데 '내 마음'에는 결코 도취가 찾아오지 않는다고 한다. 여기서 시인 보들레르와 「축복」에 등장하는 시인이 서로 다른

언제나, 언제나 헛되이,

얇은 베일의 날개를 펼친 **존재**를 기다리는 극장이다!

존재임을 확인할 수 있다. 하지만 시인들은 둘 다, 악마를 내리꽂을 천사를 기다리고 있다.

한담

CAUSERIE

당신[116]은 맑은 장밋빛 아름다운 가을 하늘이다!
그러나 내 슬픔은 바다처럼 밀려 올라와,
역류하면서 우울한 내 입술 위에
그 씁쓸한 진흙의 쓰라린 추억을 남긴다.

—그대 손은 혼절한 내 가슴 위로 헛되이 미끄러진다;
그대 손이 찾는 것은, 친구여, 여인의 잔혹한 이와 할퀸 상처로,
엉망진창이 되어버린 곳.
더 이상 내 마음을 찾지 마시오; 짐승들이 그것을 먹어버렸다오.[117]

내 마음은 군중에게 모욕당한 궁전이다;[118]
사람들은 그곳에서 취하고, 죽고, 서로 머리채를 움켜쥔다!
—한 향이 벌거벗은 당신 가슴 주변을 떠다닌다오! ……

---

116 1연과 3연의 '당신(vous)'은 현실의 여인이다. 그 여인의 가슴 주변을 떠다니는 한 향이 '아름다움'이. 2연과 4연의 '그대(tu)'가 바로 '아름다움'이다.

117 앞의 시 「만회할 수 없는 일」과 연관 지어서, 짐승들이 먹어버린 마음에는 도취가 찾아오지 않는다고 생각해볼 수 있겠다.

118 군중에게 모욕당한 궁전이 마음이라고 한 것에서 예수를 떠올릴 수 있다. 신성모독죄에 걸려 십자가에 못 박힌 시인 예수.

오 **아름다움**이여,[119] 영혼의 가혹한 징벌, 그대는 그것을 원한다!
축제처럼 빛나는 불같은 너의 눈으로,
짐승들이 남긴 이 잔해를 태워버려라![120]

119 앞 연에서 시인의 마음은 취하고, 죽고, 머리채를 움켜쥐는 온갖 군중으로 모욕당한 궁전이라고 했다. 그 위로 떠다니는 어떤 향기, 어떤 영혼, 그것이 바로 '아름다움'이다.

120 2연에서 더 이상 내 마음을 찾지 말라고, 짐승들이 먹어버렸다고 했듯이, 영혼이 받는 징벌은 짐승들이 먹다 남은 잔해를 다 태우는 것이다.

가을의 노래

CHANT D'AUTOMNE

I

곧 우리는 차가운 어둠 속에 잠기리;
안녕, 너무나 짧았던 우리의 여름, 그 생생한 빛이여!
나는 벌써 불길한 충격과 함께 울려퍼지는
마당의 포석 위로 장작 떨어지는 소리를 듣는다.

온 겨울이 내 존재 안으로 들어오리라: 분노,
증오, 전율, 공포, 강요된 고된 노역,
그러면 그 지옥 같은 극지의 태양처럼,
내 마음은 이제 얼어붙은 붉은 덩어리 외에는 아무것도 아니리.

나는 전율하면서 장작 하나하나 떨어지는 소리를 듣는다;
단두대 세우는 소리도 이보다 더 음험하게 울리지는 않으리.
지칠 줄 모르는 묵직한 파성추[121]의 공격에
내 영혼은 망루처럼 쓰러진다.

---

121 파성추 : 고대와 중세의 전투에서 성문이나 성벽을 부수는 데 쓰인 무기.

단조로운 이 충격에 흔들려,
어디선가 서둘러 관에 못질을 하는 것 같다.
누구를 위해? —어제는 여름이었다; 이제 가을이다!
이 신비한 소리는 마치 출발처럼 울린다.

Ⅱ

나는 그대 기름한 눈매에 어린 푸른 빛을 사랑하오,
다정한 미인이여, 그러나 오늘 모든 것은 내게 씁쓸하오,
그리고 당신의 사랑도, 규방도, 벽난로도, 그 무엇도
내게는 바다 위에 빛나는 태양보다 못하오.

그렇지만 나를 사랑해주오, 다정한 사람이여! 어머니가 되어주오,
내가 배신자라도, 고약한 사람이라 해도;
연인이여 또는 누이여, 영광스런 가을이나 지는 태양처럼
잠시잠깐의 포근함이 되어주오.

짧은 노고! 무덤은 기다리고; 무덤은 굶주렸구려!
아! 그대 무릎에 이마를 묻고,
하얗게 타오르는 여름을 아쉬워하며,
만추의 온화한 황금빛을 맛보도록 내버려두오!

어느 마돈나에게[122]

À UNE MADONNE

스페인 취향의 봉헌물

마돈나, 나의 정부여, 나는 너를 위해,
내 고뇌의 깊은 곳에 지하 제단을 세우고 싶다,
그리고 세속의 욕망과 조롱하는 시선으로부터 멀리,
하늘빛과 금빛으로 온통 에나멜 칠한 벽감(壁龕)을
내 마음의 가장 어두운 구석에 파고 싶다,
경탄스러운 동상이여, 그대는 그곳에 세워지리라.
학자답게 수정의 운(韻)이 촘촘하게 흩뿌려진
순수한 금속으로 짠 격자, 공들여 다듬은 내 **시구**들로
나는 네 머리에 씌울 커다란 **왕관**을 만들리라;
그리고 나의 질투로, 오 죽음을 면할 수 없는 **마돈나**여,
야만적인 방식으로, 빳빳하고 무겁게, 그리고 의심으로 안감을 대서,
나는 너에게 **외투**를 재단해주리라,
그것은 파수막처럼, 너의 매력을 가둬버리리;[123]

---

122 시인이 자신만의 마돈나를 위해 지하에 제단을 쌓고 엄청난 노력으로 자신의 의지와 뜻과 생각을 마돈나를 통해서 성취하려 한다. 마돈나는 성모 마리아를 의미한다. 첫 행에서는 마돈나, 마지막 연에서는 마리아라고 부르고 있다.

123 시인은 마돈나의 매력을 두꺼운 외투 속에 가두어서 다른 남성들의 눈에서 가리고

진주가 아니라, 온통 내 **눈물**로 수놓은!
너의 **옷**, 그것은 전율하고 물결치는 내 **욕망**일지니,
솟구쳤다가 가라앉는 내 **욕망**,
뾰족한 봉우리에서 좌우로 흔들리고, 골짜기에서 휴식하며,
장밋빛 나는 네 하얀 몸 모든 곳을 입맞춤으로 뒤덮는다.
나는 **경의**의 표시로, 신성한 네 발에 굴복할
아름다운 비단**신**을 네게 만들어주리라,
그것은 부드러운 조임으로 네 발을 가두면서,
충실한 거푸집처럼 그 흔적을 간직하리라.
만일 내 성실한 모든 예술로도
발판으로 은빛 **달**을 깎을 수 없다면,
나는 내 내장을 물어뜯을 **뱀**을, 네가 짓밟고 비웃도록,
네 발꿈치 아래 놓으리라.
속죄가 풍성한, 승리의 여왕이여,
증오와 가래침으로 완전히 가득 찬 괴물이여.
너는 **처녀들의 여왕**의 꽃으로 장식한 제단 앞에서,
푸른색 칠해진 천장을 반사광으로 반짝이게 하면서,
언제나 불같은 눈으로 너를 바라보는,
촛불처럼 정렬된 내 **생각**들을 보게 되리라;
그리고 내게 있는 모든 것이 너를 사랑하고 네게 감탄하므로,
모든 것은 **안식향, 향**, **유향, 몰약**이 되어,

의심으로 안감을 대어 다른 남성들의 접근을 막은 것 같다. 왜냐하면 그녀는 처녀로서, 그의 목적대로 마리아의 역할을 완수해야 하므로.

그래서 하얗게 눈 덮인 정상, 너를 향하여 끊임없이,
폭풍우 같은 내 **정신**은 **증기**가 되어 올라가리라.

마침내, **마리아 네** 역할을 완수하고,
사랑에 야만을 곁들이기 위하여,
검은 관능이여! 일곱 가지 **중죄**에 대한,
회한으로 가득한 사형 집행자인, 나는 날카롭게 벼려진,
일곱 개의 **단검**을 만들리라, 그리고, 냉담한 곡예사처럼,
네 사랑의 가장 깊은 곳을 표적 삼아 겨냥해서,
헐떡이는 네 **심장**에 그 단검을 모두 꽂으리라,
흐느끼는 네 **심장**에, 줄줄 피 흐르는 네 **심장**에![124]

---

124 뒤에서 읽게 될 「사랑과 머리」에서는 속인들이 지닌 사랑의 개념이 상대를 이용하고 생명을 아주 가볍게 여기는 것이라고 본다. 반면 이 시에서 마리아의 사랑은 진실한 사랑, 생명을 존중하는 사랑임에 틀림없다. 마리아의 역할을 완성시키기 위해서 일곱 가지 중죄에 대한 회한으로 가득한 '나'는 일곱 개의 날카로운 검을 만들어 마리아의 심장에 꽂겠다고 한다. 큐피트의 화살이 심장에 꽂히면 사랑이 찾아들듯이, 처녀들의 여왕의 마음을 사로잡기 위해서는 날카로운 검 일곱 개가 필요하다.

오후의 노래

CHANSON D'APRÈS-MIDI

사나운 너의 눈썹이
천사가 아니라,
매력적인 눈을 가진 마녀처럼
낯설게 보이지만,

오 나의 변덕스러운 여인이여,
나의 끔찍한 열정이여!
우상을 섬기는
사제의 신앙심으로 나는 너를 숭배한다.

사막과 숲이
네 투박한 땋은 머리채를 향기롭게 하고,
네 머리는 수수께끼 같고
비밀스런 모습이지.

네 살갗 위로 향기가 떠돈다
마치 향로의 주변처럼;
너는 저녁처럼 매혹적이다,
어둡고도 따듯한 **요정**이여.

아! 가장 강력한 미약도
너의 게으름보다 못하고,
너는 죽은 자를 다시 살리는
애무를 알고 있구나!

네 허리는
네 등과 가슴에 반했고,
그리고 네 흐느적거리는 자태에
방석도 황홀해한다.

이따금, 불가사의한 너의 분노를
달래기 위해,
너는 아낌없이, 진지하게,
물어뜯고 입맞춘다.

갈색 머리의 여인이여, 조롱하는 웃음으로,
너는 나를 찢는다,
그리고 내 마음 위에
달빛처럼 부드러운 시선을 보낸다.

너의 비단신 아래,
매력적이고 고운 발 아래,
나, 나는 큰 기쁨을,
나의 재능과 나의 운명을 맡긴다,

나의 영혼은 너에 의해 치유된다,

빛이고 색인 너에 의해서!

나의 검은 **시베리아**에서[125]

폭발하는 열정이여!

125 시베리아는 불모의 동토다. 얼어붙은 동토와 같은 그의 마음에서 열정이 폭발하는 것은 바로 '너'에 의해서다.

시지나

SISINA

품위 있는 옷차림을 한 **디아나**를 상상해보라,
숲을 돌아다니거나 또는 덤불을 헤치면서,
바람에 머리카락과 가슴을 맡기고, 소동에 취해서,
멋지고 가장 훌륭한 기사들에게 도전하는 그녀를!

보았는가, 학살의 애호가 **테루아뉴**[126]를,
맨발의 민중을 돌격하라 부추기고,
자신의 배역에 충실하여, 빨갛게 달아오른 뺨과 눈으로,
주먹에 검을 쥐고, 왕궁의 계단을 오르는 그녀를?

그녀가 **시지나**다! 그러나 부드러운 전사로
살의를 품은 만큼 자비로운 마음씨도 가지고 있다;
북과 먼지로 미칠 지경이 되었지만, 그녀의 용기는,

애원하는 사람들 앞에 무기를 내려놓을 줄 알고,

---

126 테루아뉴 드 메리쿠르(Théroigne de Méricour, 1762~1817) : 프랑스 대혁명의 과격 여성 혁명가. '자유의 아마존' 이라 불렸다.

불꽃으로 황폐해진 그녀의 마음에는,
보일 만한 사람에게는 언제나 눈물의 저장소가 있다.[127]

127 이 시가 묘사한 시지나라는 여인의 모습은 사냥의 여신 디아나, 혁명가 테루아뉴에 비유되지만, 한편으로는 부드러운 전사이며 눈물이 많은 자비로운 전사이기도 하다. 시인이 이상적으로 생각하는 여인의 특징을 엿볼 수 있다.

나의 프란체스카를 위한 찬가

FRANCISCAE MEAE LAUDES

나는 너를 새로운 현악기로 찬양하리라,
오 나의 어린 암사슴[128]
고독한 내 마음속에서 뛰노는구나.

화환으로 장식되기를,
죄를 사함받았기에
오 더없이 매력적인 여인이여!

은혜로운 **레테**[129]처럼,
끌어당기는 힘이 배어 있는
너의 입맞춤을 길어 올리리.

악덕의 폭풍우가
모든 여정을 흔들었을 때
여신이여, 너는 내게 나타났다,

---

128 이 시는 라틴어로 쓰여 있다. 원문의 novelletum이란 단어는 '새로운 포도나무 묘목, 식목'을 뜻하는데 보들레르가 이를 '어린 동물'로 다르게 받아들여서 Jules Mouquet의 번역에서는 ma bichette, 즉 어린 암사슴으로 번역됐다고 한다.

129 레테 : 그리스 신화에 나오는 저승의 강. '망각'이라는 의미이다.

구원의 별처럼
뼈저린 파산 속에서……
―나는 내 마음을 너의 제단에 걸어놓으리라!

미덕으로 가득한 성수반,
영원한 청춘의 샘,
말없는 내 입술에 목소리를 돌려다오!

천한 것을 너는 불태웠고;
어려운 것을 너는 제거했고;
나약한 것을 너는 견고히 했다.

굶주릴 때는 나의 여인숙,
한밤중에 나의 램프,
언제나 올바르게 나를 인도해다오.

이제 내 힘에 힘을 더해다오.
감미로운 향기
풍기는 달콤한 목욕!

내 허리둘레에서 빛나라,
청순한 물에 젖은,
오 순결한 허리띠여;

보석으로 아로새겨 반짝이는 술잔,
소금으로 간한 빵, 맛있는 요리,
신성한 술, **프란체스카**.

식민지 태생의 한 백인 부인에게
À UNE DAME CRÉOLE

태양이 어루만지는 향기로운 나라,
눈 위로 게으름이 비처럼 내리는
종려나무와 새빨갛게 물든 나무 그늘 아래에서,
나는 알려지지 않은 매력을 가진 식민지 출신 백인 부인을 만났다.

창백하고도 따듯한 안색; 매혹적인 갈색 피부의 그 여인
목은 고상하게 꾸민 듯하고;
걸을 때는 사냥꾼처럼 키가 크고 날씬하며,
미소는 평온하고 눈빛은 단호하다.

부인, 만일 **센강**이나 푸른 **루아르** 강변에 있는,
고대의 저택들을 장식할 만한 미인인 당신이,
진짜 영광의 나라에 가신다면,

당신은 어두컴컴한 은신처에서 보호되어서,

당신의 커다란 눈은 흑인 노예들보다 더 당신께 순종할,
시인들의 마음속에 수많은 소네트들을 싹트게 할 겁니다.[130]

130 시인은 자신이 생각하는 이상적인 여인을 여러 작품에서 다양하게 묘사한다. 이 시에서 그 여인은 대단한 저택의 안주인이 될 만큼 미인이지만, 만일 진짜 영광의 나라, 믿음으로만 가게 되는 나라에 가게 된다면, 저택의 안주인이 아니라 은신처에서 보호되어서 시인들의 마음의 뮤즈가 되어 그들에게 수많은 시들을 쓰게 할 거라고 생각한다.

서글프고 방황하는

MOESTA ET ERRABUNDA

말해다오, **아가트**여, 네 마음은 이따금 날아오르지,
우글거리는 도시의 검은 대양으로부터 멀리,
처녀성처럼 푸르고 투명하고 깊은
빛이 폭발하는 다른 대양을 향하여?
말해다오, **아가트**여, 네 마음은 이따금 날아오르지?

바다, 드넓은 바다는 우리의 노고를 위로한다!
어떤 악마가 시끄러운 바람의 거대한 파이프 오르간을
동반한 목이 쉰 가수, 바다에게
자장가라는 숭고한 역할을 주었을까?
바다, 드넓은 바다는 우리의 노고를 위로한다!

나를 데려가라, 기차여! 나를 실어가라, 범선이여!
멀리, 멀리, 여기는 우리의 눈물로 이루어진 진흙탕!
—진정으로 **아가트**의 슬픈 마음은 이따금 이렇게 말하는가:
회한으로부터, 죄로부터, 고통으로부터 멀리,
나를 데려가라, 기차여! 나를 실어가라, 범선이여!

향기로운 낙원이여, 당신은 얼마나 멀리 있는지,

맑은 하늘빛 아래 모든 것이 사랑과 기쁨뿐인 곳,
사랑하는 모든 것은 사랑받을 만하고,
마음은 순수한 관능 속에 잠긴다!
향기로운 낙원이여, 당신은 얼마나 멀리 있는지!

그러나 어린아이 같은 사랑의 푸른 낙원은,
경주, 노래, 입맞춤, 꽃다발은,
저녁마다 작은 숲에서, 포도주병과 함께,
언덕 너머에서 울리는 바이올린은,
—그러나 어린아이 같은 사랑의 푸른 낙원은,

은밀한 즐거움 가득한 순수한 낙원,
그것은 벌써 **인도**와 **중국**보다 더 멀리 있는가?
탄식하는 외침으로 그것을 다시 불러올 수 있을까,
그리고 낭랑한 목소리로 다시 활기차게 할 수 있을까,
은밀한 즐거움 가득한 순수한 낙원을?

유령

LE REVENANT

야수의 눈을 한 천사들처럼,
나는 너의 규방으로 돌아오리라
그리고 너를 향해 소리 없이 미끄러지듯 스며들리라
밤의 그늘과 함께;

그리고 갈색 피부의 여인이여, 네게 주리라,
달빛처럼 차가운 입맞춤과
구덩이 부근을 기어 다니는
뱀의 애무를.

납빛 아침이 올 때,
너는 저녁까지도 차가울
나의 빈자리를 발견하리라.

남들이 애정으로 그러듯이,
나, 나는 공포로 지배하고 싶구나,
너의 삶과 너의 청춘을.

가을의 소네트

SONNET D'AUTOMNE

수정처럼 맑은 네 눈이 내게 말한다:
"이상한 연인이여, 그대에게, 그러니까 나의 장점은 뭔가요?"
—상냥하게, 아무 말 마! 고대 동물의 순박함을 제외하고
모든 것에 신경질을 내는 내 마음은,

불꽃으로 쓰여진 내 마음의 검은 전설도,
나를 긴 잠으로 초대하는 자장가도,
지옥 같은 내 마음의 비밀을 네게 보여주고 싶지 않구나.
나는 정열을 증오하고 정신은 고통스럽기만 하다!

우리 조용히 사랑합시다. 은밀히 숨은 **사랑**이,
그 망루에서, 숙명의 활을 당긴다.
나는 그의 오래된 무기창고에 있는 무기들을 알고 있다:

죄, 공포 그리고 광기! —오 창백한 데이지 꽃이여!
나처럼 너도 가을의 태양이 아닌가,
오 그렇게나 하얗고, 오 그렇게나 차가운 나의 **데이지 꽃**이여?[131]

---

131 사랑하는 여인을 데이지 꽃에 비유한 시이다. 시인은 창백하고 하얀 색깔의 데이지 꽃, 즉 사랑하는 여인을 가을의 태양에, 성숙한 사랑에 비유했다.

달의 슬픔

TRISTESSES DE LA LUNE

오늘 저녁, 달은 더욱 게으르게 꿈을 꾼다;
수많은 방석 위에 잠들기 전에
무심하고 가벼운 손길로 제 가슴 주위를
쓰다듬는 어느 미녀처럼,

부드러운 눈사태같이 매끄러운 자리에 누워,
사위어가는, 달은 오랫동안 혼절해 있다가,
꽃이 피어나듯 창공으로 올라가는
하얀 환영들을 두루 살펴본다.

이따금 달이 그 게으른 무기력함으로,
이 지구 위로, 은밀한 눈물을 흘려 보낼 때,
잠의 적, 경건한 시인은,

오팔의 파편처럼, 무지갯빛을 반사하는
창백한 이 눈물을 그의 손 오목한 곳에 받아서,
태양의 눈이 닿지 못하는 그의 마음속에 간직한다.

고양이들

LES CHATS

열렬한 연인들도, 엄숙한 학자들도
중년이 되면 하나같이 사랑한다,
강하면서 부드러운, 집안의 자랑거리인 고양이를.
그들처럼 추위를 타고 꼼짝하기 싫어하는 고양이를.

고양이는 학문과 관능의 친구,
어둠의 적막과 공포를 쫓아다닌다;
만일 그들이 자존심을 굽히고 노예가 될 수 있었다면,
에레보스[132]는 그들을 불길한 심부름꾼으로 삼았으리라.

그들은 끝없는 몽상 속에서 잠이 든 것같이,
깊은 고독에 빠져 길게 누운 거대한 스핑크스처럼
고상한 태도를 취한다;

풍요로운 허리는 마법의 불꽃으로 가득 차 있고,
섬세한 모래알 같은 황금 조각들로,
그들의 신비한 눈동자는 모호하게 반짝인다.

---

132 에레보스 : 그리스 신화에서 어둠을 의인화한 신.

올빼미들

LES HIBOUX

검은 주목의 보호 아래,
올빼미들이 줄 맞춰 앉아 있다,
이방의 신들처럼, 붉은 눈으로
뚫어져라 노려보면서. 그들은 사색한다.

그들은 꼼짝 않고 있으리라
이울어진 태양을 밀어내고,
어둠이 내릴
우울한 시간까지.

그들의 태도는 지혜로운 사람에게 가르쳐준다
이 세상에서는 소동과 움직임을
두려워해야 하고;

지나가는 그림자에 취한 인간은
자리를 바꾸고 싶어 했던 것[133]에 대해
언제고 벌을 받는다고.

133 보들레르는 『파리의 우울』에 수록한 산문시 「이 세상 밖이라면 어디든지」에서 "우리의 삶은 환자들이 자리를 바꾸려는 욕망에 사로잡힌 병원"이라고 했다.

담뱃대

LA PIPE

나는 작가의 담뱃대;
에티오피아나 **카프라리아**의 여인 같은
나의 얼굴을 자세히 바라보면,
내 주인이 대단한 애연가임을 알 수 있다.

그가 고통으로 가득할 때,
나는 연기를 뿜어낸다
농부가 돌아오길 기다리며
저녁식사를 준비하는 초가집처럼.

나는 불붙은 내 입에서 피어오르는
움직이는 푸른 그물에
그의 영혼을 감싸안고 잠재운다,

그리고 강한 향기를 뿜어내어
그의 마음을 즐겁게 하고
그의 피곤한 영혼을 치료한다.

음악

LA MUSIQUE

음악은 나를 바다처럼 사로잡곤 한다!
창백한 나의 별을 향해,
안개의 지붕 아래 또는 광대한 창공 속에서,
나는 출범을 준비한다;

마치 돛처럼 가슴을 앞으로 내밀고
폐를 잔뜩 부풀려서,
나는 밤이 내게 감춘
겹겹이 쌓인 물결의 등을 기어오른다;

나는 고통스러워하는 배의 모든 열정이
내 안에서 진동하는 걸 느낀다;
기분 좋은 바람, 폭풍우 그리고 그 격동은

무한한 심연 위에서
나를 잠재운다. 다른 때는, 평온하고 고요한 바다, 내 절망의
커다란 거울![134]

134 바다에 폭풍우가 칠 때 시인은 마음속의 열정을 바다 위의 배와 같이 여긴다. 그래서 무한으로 나가며 자신의 격동을 잠재우는데 오히려 평온한 바다가 절망스럽다.

무덤

SÉPULTURE

어둡고 무거운 어느 날 밤
한 선한 기독교인이 자비를 베풀어,
어느 오래된 폐허 뒤에
당신이 자랑스러워하던 몸을 묻어준다면,

순결한 별들이
무거워진 눈꺼풀을 감고,
거미가 그곳에 거미줄을 치고,
살무사가 새끼들을 낳을 시간에;

당신은 일 년 내내 듣게 되리라.
유죄를 선고받은 당신의 머리 위에서
늑대들과 굶주린 마녀들이

비통하게 외치는 소리를,
음탕한 늙은이들의 장난질과
사악한 야바위꾼들의 음모를.

환상적인 판화[135]

UNE GRAVURE FANTASTIQUE

이 기이한 유령이 몸에 걸친 것이라고는,
기괴하게도 해골바가지 이마 위에 쓴,
사육제 냄새 나는 끔찍한 왕관뿐.
그는 박차도, 채찍도 없이, 간질병에 걸린 것처럼
콧구멍에서 거품을 내뿜는, 그와 마찬가지로 유령인,
묵시록의 늙은 말을 숨 가쁘게 몰아간다.
그들은 공간을 가로질러 깊이 들어가고,
무모한 발굽으로 무한을 밟는다.
기사는 말이 짓밟는 이름 없는 군중 위로
번뜩이는 검을 휘두르며,
두루 돌아다닌다, 그가 거하는 집을 사찰하는 왕자처럼,
광막하고 차가운, 그리고 끝도 없는 묘지,
거기에 고대와 현대 역사의 민족들이,
흐릿하니 희멀건 태양빛 아래, 누워 있다.

135 판화 그림의 내용은 「요한 계시록」에 나오는 예수 재림 시의 심판과 종말에 대한 것으로 보인다.

기쁘게 죽은 자

LA MORT JOYEUX

달팽이가 득실거리는 기름진 땅에
한가로이 내 늙은 뼈를 늘어놓고,
물결 속의 상어처럼 망각 속에 잠들 수 있는
깊은 구덩이를 내 손으로 파고 싶다.

나는 유언도 싫어하고 무덤도 싫어한다;
남들이 눈물 흘려주기 바라기보다 오히려,
살아서, 까마귀들을 초대하는 게 낫겠다
놈들이 더러운 내 송장 구석구석에서 피 흐르게 할 테니.

오 구더기들이여! 귀도 없고 눈도 없는 더러운 동반자들이여,
보라, 자유롭고 기쁘게 죽은 자가 너희에게 오고 있다;
부패의 아들, 태평스런 방탕아들이여,[136]

그러니 후회 없이 가라 나의 쓸모없는 몸을 통해서,

---

136 이 대목은 예수가 몸을 사람들에게 내어줌으로써 죄를 대신했다고 생각하는 사람들에게 하는 말 같다. 그의 몸을 대가로 하여 제멋대로 부패하고 방탕하게 사는 사람들에게.

그리고 아직도 남은 고문이 있다면 말해다오
죽은 자들 가운데 죽은, 영혼 없는 이 늙은 몸을 위하여![137]

---

137 죽음의 의미를 살펴봐야 한다. 죽음이 일반적으로 육체로부터 영혼이 떠나가는 것을 뜻한다면, 이 시에서 시인은 살아서 이미 육체와 영혼이 분리되었다고 말하고 있다. 그러니 기쁘게 죽는다는 것은 살아서 죽는다는 것, 육체로부터 이미 영혼을 분리해서 더 이상 자신의 몸에 미련을 가지고 있지 않다는 의미이다.

증오의 통

LE TONNEAU DE LA HAINE

증오는 창백한 **다나이데스**의 통[138]이다;
제정신을 잃은 **복수**가 붉고 억센 팔로
커다란 양동이에 죽은 자들의 눈물과 피를 가득 채워
그 빈 어둠 속에 아무리 쏟아부어도 소용이 없다,

악마가 이 심연에 몰래 구멍을 뚫었으니,
천년의 땀과 노력이 새어나가버린다,
설령 복수가 그 희생자들을 다시 쥐어짜려고,
그들에게 다시 생기를 불어넣고, 그 몸을 되살린다 해도.

증오는 술집 구석 자리에 처박힌 술꾼이다,
아무리 술을 마셔도 언제나 목이 마르고
그 갈증은 **레르나**의 히드라[139]처럼 증식된다.

---

138 다나이데스의 통 : 아무리 노력해도 충족되지 않는 것, 끝없는 노고를 비유하는 관용어이다. 다나이데스(Danaides)는 그리스 신화에 나오는 아르고스 왕 다나오스의 50명의 딸들을 가리키며, 남편들을 죽인 죄로 지옥에서 밑바닥 없는 통에 물을 붓는 형에 처해졌다.

139 히드라 : 그리스 신화에 나오는 머리가 일곱 개인 뱀. 레르나 늪에 살고 있어 '레르나의 히드라' 라고 불린다. 머리를 하나 베면 그 자리에서 두 개가 자라났으므로, 헤라클레스는 베어낸 부위를 불로 지지는 방법으로 마침내 히드라를 퇴치했다.

—그러나 정복자가 누구인지 아는 술꾼들은 행복하다.[140]
증오는 탁자 아래에서 결코 잠들 수 없는
한탄할 만한 운명에 바쳐져 있다.

140 줄표(—)와 함께 시의 내용이 시인의 운명에 대한 것으로 바뀌었다. 보통 사람들이 갖는 증오에 복수하려는 시도는 헛된 것이며, 자신은 정복자가 누구인지 알고 있는 행복한 술꾼이라고 말하고 있다. 시인의 정복자는 바로 시인을 도취로 불러들이는 '아름다움'이다. 그래서 시인의 증오는 시를 쓰는 작업이기에 책상 아래서는 잠들 수 없는 한탄할 만한 운명이라고 말하고 있다.

금이 간 종

LA CLOCHE FÊLÉE

겨울밤 내내, 씁쓸하고도 감미로운 것은,
탁탁 소리와 함께 연기를 내뿜는 불 가까이에서,
안개 속에 노래하는 종소리에
먼 옛날의 추억이 천천히 솟아오르는 것을 듣는 것이다.[141]

다행스럽게도 힘찬 목청을 가진 종은
낡았어도, 기민하고 튼튼해서,
충실하게 종교적 외침을 부르짖는다,
막사 앞에서 밤을 새우는 늙은 군인처럼!

나는, 내 영혼에는 금이 갔다, 권태로워서
내 영혼이 차가운 밤공기를 노래로 채우기를 원할 때,
약해진 그 목소리는

피의 호숫가, 엄청난 시체 더미 틈에서,

---

141 청각과 시각이 한데 어우러지는 공감각적 감각을 잘 나타내고 있다.

아무리 애를 써도, 옴짝달싹도 못 하고, 죽어가는,
아무도 돌보지 않는 부상자가 헐떡거리는 소리같이 들려오곤 한다.[142]

142 영혼의 소리를 종소리에 비유했다. 종은 낡았어도 소리가 힘찬데 시인의 영혼의 소리가 예전 같지 않음을 노래하고 있다.

우울

SPLEEN

도시 전체에 짜증이 난 **장맛달**[143]이,
단지째로 철철 들어붓는다
묘지에 이웃한 창백한 주민들에게는 어두운 냉기를,
안개 낀 변두리 구역에는 죽어야 할 운명을.

내 고양이는 마룻바닥에 깔고 잘 짚을 찾으며
옴 오르고 마른 그 몸을 쉬지 않고 흔든다;
늙은 시인의 영혼은 추위 타는 유령처럼 슬픈 목소리로
홈통 속을 떠돌아다닌다.

큰 종은 탄식하고, 연기가 피어오르는 장작은
감기에 걸린 추시계 소리에 반주를 맞춘다,
더러운 냄새 물씬 풍기는 노름판에서,

수종에 걸려 죽은 노파가 남긴 유품인,
잘생긴 하트 잭과 스페이드의 여왕이
사라진 그들의 사랑을 처량하게 이야기하는 동안에.

143 장맛달(Pluviôse) : 프랑스 혁명력 제5월. 1월 20일경부터 2월 19일경까지.

우울

SPLEEN

내게는 천 년을 산 것보다 더 많은 추억이 있다.

시, 연애편지, 소송 서류, 연가,
영수증 뭉치 속에 말려 있는 묵직한 머리타래,
온갖 명세서로 복잡해진 커다란 서랍장도,
내 슬픈 머릿속보다는 비밀이 많지 않다.
공동묘지보다 더 많은 죽은 자들을 가지고 있는
그것은 피라미드, 거대한 지하 묘지.
—나는, 내 소중한 죽은 자들에게
줄지어서 악착같이 따라붙는 구더기들이 회한처럼
기어가는, 달이 싫어하는 묘지다.
나는 시든 장미꽃으로 가득한 낡은 규방이다,
그곳엔 유행이 지나간 온갖 잡동사니가 쌓여 있고,
탄식하는 파스텔화와 **부셰**의 창백한 그림들만이,
마개 뽑힌 향수병 냄새를 맡는다.

눈 내리는 시기의 무거운 눈송이 아래
음울한 무관심의 열매, 권태가,
불멸의 규모로 덩치를 불릴 때,

절름거리는 다리를 질질 끄는 나날 같은 것은 아무것도 없다.
—그 이후로 오 살아 있는 물질이여! 너는 이제,
안개 낀 **사하라** 한복판에서 졸고 있는,
확실치 않은 공포로 둘러싸인 화강암에 불과하다;
근심 걱정 없는 세상 사람들은 모르는 늙은 스핑크스,
지도에서도 잊혀지고, 그 야생의 기질은
지는 석양빛에서만 노래할 뿐이다.[144]

---

144 시인은 '천 년을 산 것보다 더 많은 추억이 있다' 고 할 만큼 많은 사람들과 교감해 왔다. 그래서 많은 사람들이 공감하는 시들을 쓸 수 있는 것이다. 그러나 권태가 어찌하지 못할 만큼 시인을 짓누를 때, 그는 더 이상 시인이 아니라 '살아 있는 물질'에 지나지 않을 만큼 무기력하고 세상 사람들은 모르는 '늙은 스핑크스' 다. 그래서 그 야생의 기질로 저녁이 올 때만 노래할 뿐이다. 이는 세상의 마지막 때에만 노래한다고 해석할 수 있다.

우울

SPLEEN

나는 비 오는 나라의 왕과 같다,
부유하지만 무능하고, 젊지만 몹시 늙어,
스승들이 굽실거리는 것을 경멸하고,
개들도 다른 짐승들도 싫증이 났다.
아무것도 그를 흥겹게 할 수 없다, 사냥감도, 매도,
발코니 앞에서 죽어가는 그의 백성도.
총애하던 어릿광대의 기괴한 발라드도
이 견디기 어려운 환자의 찌푸린 이마를 풀어주지 못한다;
백합꽃으로 장식한 그의 침대는 무덤으로 바뀌었고,
왕자라면 누구든 미남으로 여기는 의상 담당 시녀들이
아무리 야하게 치장을 해주어도,
이 젊은 해골로부터 미소를 끌어내지 못한다.
그에게 금을 만들어준 학자도
결코 그의 몸에서 썩은 요소를 뿌리 뽑을 수 없었다,
그리고 **로마인들**로부터 초래되어 우리에게 일어나고,
권력자들이 만년에 떠올리는 피의 목욕 속에서,

피 대신 **레테**의 푸른 강물이 흐르는

이 얼빠진 시체를 다시 따뜻하게 하지 못했다.[145]

145 여기에서 '나'는 '왕'으로 보들레르가 아닌 것은 분명하다. 보들레르는 산문시집 『파리의 우울』에 부치는 글 「아르센 우세이에게」에서 자신의 시의 특성들을 자세히 설명했다. 그의 질투가 행복을 가져오지 못할 것을 두려워하면서 "신비하고 빛나는 모델"로부터 자신이 멀리 있을 뿐 아니라, (그것을 어떤 것이라고 부를 수 있다면) 어떤 것을 만들었음을 알았다고 쓰고 있다(『보들레르 전집 I』, p.276. 시인이 "신비하고 빛나는 모델" '어떤 것'을 창조했다고 했으니만큼, 그 '왕'인 '나'는 '피 대신에 망각의 푸른 물'이 흐르기에 그의 나라를 비 오는 나라와 같이 만들었다. 원인은 로마 민족이 가져온 '피의 목욕'에 있음을 알 수 있다. 권력자들이 그들의 만년에 잊지 않고 기억하는 사건은 로마의 기독교인 박해에도 불구하고 그들이 예수를 받아들여 로마 가톨릭을 세웠다는 사실이다. 앙리 메쇼닉은 헤브라이즘이 헬레니즘화하면서 발생한 부작용은 대부분 언어를 이해하는 데 있어서 '문화 차이'에 있다고 했다. 다시 말해서 '피의 목욕'으로 '나'는 '나'의 정체성을 잃었다. 「고양이 II」에서 시인은 단 한 번 고양이를 만졌을 뿐인데 냄새가 배고 눈이 고양이와 같아진 바 있다. 자신이 누군지 모르게 된 것이다. 「저녁의 조화」에서 '태양은 굳어지는 피 속에 잠겼다'는 것도 '피의 목욕' 때문으로 이해하면 되겠다.

우울

SPLEEN

낮고 무거운 하늘이 뚜껑처럼
기나긴 권태에 사로잡혀 신음하는 정신을 짓누르고,
지평선으로 세상을 빙 둘러 감쌀 때
하늘은 밤보다 더 슬픈 검은 낮을 우리에게 들어붓는다;

땅은 축축한 지하 감옥으로 변하고,
그곳에서 **희망**은, 마치 박쥐처럼,
그 소심한 날개로 벽을 치고
썩은 천장에 머리를 부딪치면서 가버린다;

비가 거대한 감옥의 창살과도 같이
끝없는 빗발을 늘어놓을 때,
그리고 말 없고 비열한 거미 족속이
우리의 뇌 깊은 곳에 그물을 칠 때,

종들이 갑자기 맹렬하게 뛰어오르며
하늘을 향해 소름 끼치게 울부짖는다,
고집스럽게 신음 소리를 내기 시작하는
방랑하는 조국 없는 사람들처럼.

—그리고 북도 없고, 음악도 없는 긴 영구차들이,
천천히 내 영혼 속에 줄 지어 행진한다;
정복된 **희망**은, 눈물을 흘리고, 그리고 포학하고 잔혹한 **고뇌**는,
기울어진 내 두개골 위에 검은 깃발을 꽂는다.[146]

---

146 기독교가 로마 가톨릭으로 변하면서 문화의 차이로 인해 하늘이 어둠으로, 땅이 감옥으로 변화된다. 비열한 거미 족속이 뇌에 그물을 치고 그때부터 조국을 잃은 민족들은 신음소리를 내고 시인의 영혼 속에는 긴 영구차들이 줄지어 간다. 「기쁘게 죽은 자」에서는 죽음을 영혼과 육체의 분리로 보았던 반면, 이 시에서 죽음이란 비열한 족속의 그물에 속박되는 것이다. 시인은 이를 자유롭게 살아갈 희망이 정복되어 감옥에 구속되는 모습으로 보았다. 바로 앞 시에서 '비 오는 나라'의 이미지가 여기서 빗발에 창살이 비유된 감옥의 이미지로 나온다. 북도 음악도 없는 영구차는 소리 없이 죽음을 맞이한 영혼들이다. 게다가 시인의 두개골 위에 꽂히는 검은 깃발은 희망조차 사라지는 죽음을 의미한다고 볼 수 있다.

망상

OBSESSION

거대한 숲이여, 당신은 대성당처럼 나를 두렵게 한다;
당신은 오르간처럼 울부짖는다; 그리고 저주받은 우리의 마음속,
오랜 헐떡임으로 울리는 영원한 애도의 방에서
당신의 *애도가*가 메아리친다.

대양이여, 나는 그대를 증오한다! 너의 날뜀과 너의 소동,
내 정신은 마음속에서 그것들을 다시 찾는다;
흐느낌과 모욕으로 가득한 패배자의 이 씁쓸한 웃음,
나는 바다의 굉장한 웃음 속에서 그것을 듣는다.

그 빛이 잘 알려진 언어를 말해주는 저 별들만 없다면,
오 밤이여! 네가 나를 즐겁게 할 텐데!
나는 공허, 어둠 그리고 벌거벗음을 추구하기에!

그러나 어둠은 캔버스 자체이다
친숙한 시선들에게서 사라진 존재들이
내 눈앞에 돌연 무수히 솟아나, 살고 있는.

허무에의 취미

LE GOÛT DU NÉANT

옛날에는 투쟁을 좋아하던 음울한 정신,
박차를 가해 너의 열정을 부채질했던 **희망**이
더 이상 너를 걸터타려 하지 않는다! 부끄러워하지 말고 누워라,
장애물마다 부딪히며 비틀거리는 늙은 말이여.

내 마음이여, 체념하라; 짐승처럼 잠들어라.

패배하고 지쳐버린 정신이여! 늙은 약탈자, 너는 이제
사랑에도 취미가 없고, 논쟁도 하지 않는다;
그러니 잘 가라, 트럼펫의 노래와 플루트의 사랑 고백이여![147]
쾌락이여, 토라지기 쉬운 우울한 마음을 더는 유혹하지 마라!

사랑스러운 **봄**은 그 향기를 잃었다!

그리고 **시간**은 나를 시시각각 삼킨다,
폭설이 뻣뻣하게 굳어진 몸을 삼키듯;

---

147 시인의 삶에는 이제 마음을 빼앗길 만한 것이 아무것도 없다. 달콤한 사랑도 더이상 그의 마음을 움직이지 못한다.

내가 저 높은 하늘에서 둥근 땅덩이를 바라봐도
피난할 만한 오두막 하나도 찾지 못한다.[148]

눈사태여, 추락하는 너와 함께 나도 데려가지 않겠나?[149]

148 높은 곳에 올라가서 보아도 내 몸을 숨길 만한 오두막집 하나 찾지 못하는 시인에게 남은 것은 희망도 없는 허무뿐. 그리하여 기꺼이 추락을, 죽음을 택한다.

149 이 시 첫부분의 '너'는 내 마음을, 마지막 행의 '너'는 눈사태를 지칭한다.

고통의 연금술

ALCHIMIE DE LA DOULEUR

누군가는 열정으로 너를 밝게 비추고,
또 누군가는 슬픔을 네게 불어넣는다, **자연**이여!
누군가에게는 **무덤!**이라고 말하고,
또 누군가에게는 **삶**과 빛!이라고 말한다.[150]

나를 돌봐주면서도, 늘 나를 위협하는,
알려지지 않은 **헤르메스**여,[151]
너는 나를 연금술사 중에서 가장 슬픈,
미다스[152] 같은 사람으로 만든다;[153]

---

150 한 사람은 '자연' 을 '열정' 을 가지고 바라보고, 또 다른 사람은 '슬픔' 으로 본다. 시인은 열정을 말한 사람은 자신의 무덤을 말한 것이고 슬픔을 말한 사람은 자신의 삶과 빛을 조명했다고 보는 것이다. 그들이 조명한 '나' 와는 상관없이. 삶 속에서 '자연' 으로 사는 것이 '슬픔' 이기에 시인에게는 '삶과 빛' 이고 '열정' 으로 사는 것이 곧 '무덤' 이라고 말하고 있는 것은 그의 시 전체를 통해 시인이 주장하는 주제다. '너(예수)' 를 열정으로 보는 사람은 삶이 흥겹고 후자는 슬픔으로 살아서 죽은 자처럼 사는 것, 열정 없이 사는 삶이 곧, 영혼의 삶이기에.

151 헤르메스 : 그리스 신화의 상업, 학술, 체육 등을 관장하는 신. 중세에는 연금술의 신으로도 여겨졌다.

152 미다스 : 그리스 신화에서 손에 닿는 물건을 모두 금으로 변하게 한 프리기아의 왕.

153 시인은 자연(너)을 헤르메스에 비유해 자신이 미다스처럼 슬픈 존재가 되었다고 한다.

너로 말미암아 나는 구름 수의를 걸치고
금을 철로,
낙원을 지옥으로 바꾼다;[154]

나는 소중한 시체를 발견하고,[155]
천상의 물가에
거대한 석관[156]들을 세운다.

---

154 '나' (시인)은 미다스와 같은 슬픈 존재인데 여기서 구름 수의를 입고서, 다시 말해서 이미 죽은 것이나 다름없이 살면서 '너' 로 인해서 금을 철로, 낙원을 지옥으로 만든다.

155 소중한 시체는 다름 아닌 '너' 의 시체다. 어쩌면 사라진 예수의 시체를 시인은 몽상 속에서 찾아 무덤을 만든 것이다.

156 석관(sarcophage) : 무덤 앞에 세우는 관 모양의 장식물.

공감되는 공포

HORREUR SYMPATHIQUE

너의 운명처럼 요동치는,
이 이상한 납빛 하늘로부터,
어떤 생각들이 비어 있는 네 영혼으로
내려왔는가? 대답하라, 자유분방한 사람아.

— 결코 만족하는 일 없이
막연함과 불확실함을 갈망하는 나는,
로마라는 낙원에서 쫓겨난 **오비디우스**처럼[157]
투덜대지는 않으리라.

모래톱처럼 찢어진 하늘,
당신에게 나의 오만함을 비춰본다;
슬픔에 잠긴 광대한 당신의 구름은

157 오비디우스(Ovidius, BC 43~AD 17) : 로마의 시인. 대표작으로 『변신 이야기』 『사랑의 기술』 등이 있다. 정확하게 알려지지 않은 이유로 아우구스투스 황제에 의해 로마에서 추방되었고, 유배지에서의 불행과 귀환을 바라는 마음을 담은 작품도 남겼으나 죽을 때까지 돌아가지 못했다.

내 몽상의 영구차이고,
당신의 희미한 빛은 내 마음이
즐기는 **지옥**의 그림자다.[158]

158 희미한 빛은 가려진 햇빛이다. 하늘이 맑고 투명해야 하는데 죽음으로 가려졌기에 지옥과 같이 되었다. 그래서 그 희미한 빛을 지옥의 그림자라고 한 것이다.

자신의 형벌 집행인
L'HÉAUTONTIMOROUMÉNOS

J. G. F.에게

나는 분노도, 증오도 없이
너를 치리라, 마치 백정처럼,
모세가 바위를 쳤듯이!
그리고 나는 네 눈꺼풀에서,

고통의 물이 솟아나게 하리라,
나의 **사하라**를 적시기 위해서.
희망으로 부푼 내 욕망은
짭조름한 네 눈물에서 헤엄치리라

넓은 바다로 출범하는 배처럼,
그리고 네 눈물에 취한 내 마음속에
네 소중한 흐느낌이 울려 퍼지리
돌격을 알리는 북소리처럼!

신성한 교향곡에서
나는 불협화음이 아닌가,

나를 흔들고 물어뜯는
탐욕스러운 **아이러니** 덕분에?

잔소리꾼, 그녀가 내 목소리 속에 있다!
시커먼 독, 그것은 나의 모든 피 속에 있다!
나는 성미 고약한 여자가 자신을 비춰 보는
불길한 거울이다.[159]

나는 상처이자 칼이다!
나는 따귀이자 뺨이다!
나는 팔다리이자 바퀴,[160]
그리고 사형수이자 사형 집행인이다!

나는 내 심장의 흡혈귀이다,
—영원한 웃음을 웃도록 선고를 받아
더 이상 미소도 지을 수 없는,[161]
위대한 버림받은 사람들 중 하나다!

159 시인이 몽상하는 연인과의 사랑은 곧 자기 자신과의 사랑, 자신과의 싸움이다.
160 평범한 바퀴가 아니라 중세 유럽에서 행해졌던 고문과 처형의 도구. 사람의 팔다리를 수레바퀴에 묶어 돌렸다.
161 웃음과 미소는 다르다. 웃음은 조롱, 비웃음일 수 있으나 미소에는 언제나 온화함과 사랑이 담겨 있다.

돌이킬 수 없는 것

L'IRRÉMÉDIABLE

I

창공으로부터 추방되어
하늘의 어떤 눈도 꿰뚫어 볼 수 없는 곳
질퍽한 납빛 **스틱스강**에 떨어진
한 **생각**, 한 **형태**, 한 **존재**;

기형적인 사랑을 시도했던
한 **천사**, 신중치 못한 여행자는
거대한 악몽의 깊은 구렁텅이에서
헤엄치는 사람처럼 허우적대고,

미치광이처럼 노래하고
어둠 속에서 빙빙 돌며 가는
거대한 소용돌이에 맞서
싸운다, 침울한 괴로움이여!

파충류 우글거리는 곳에서 달아나려고,
빛과 열쇠를 찾느라,

헛되이 모색하는 일에,
사로잡힌 불행한 자;

냄새만 맡아도 얼마나 축축하고 깊은지 알 수 있는,
심연의 기슭으로
난간 없는 영원한 계단을 램프도 없이 내려가는
지옥에 떨어진 자,

밤이 더 어두워 보이고
저희들끼리만 비추어지는
인광이 번득이는 큼지막한 눈의
끈적끈적한 괴물들이 지켜보는 곳;

어떤 숙명의 해협에서
이 지옥으로 떨어졌는지 알려고 애쓰는,
마치 수정 올가미에 걸린 듯,
극지에 붙잡힌 한 척의 배;[162]

—분명한 상징, 돌이킬 수 없는
운명의 완벽한 그림,
그걸 보면 **악마**가 하는 모든 짓은

---

162 보들레르에게 배는 인간의 존재를 의미한다. 바다 위에서 물결과 바람에 따라 흔들리고 역동하는 배.

언제나 훌륭하다는 생각이 든다![163]

Ⅱ

침침함과 투명함의 대담
마음이 거울이 되었다!
파리한 별이 떨고 있는
맑고 검은 **진리**의 우물,

지옥의, 아이러니한 등대,
악마적인 은총의 빛,
유일한 위로와 영광,
—**악** 속에서의 의식이여![164]

---

163 천사가 지옥에 떨어져, 파충류가 우글거리는 땅에서 기형적인 사랑을 시도했다가 올가미에 걸려 극지에 발목을 잡힌 한 척의 배와 같은 돌이킬 수 없는 운명에 처했다. 여기서 기형적인 사랑은 「레스보스」의 사랑을 참조하면 될 듯하다.

164 시인에게는 마음만이 지옥 같은 세상에서 자신을 비출 수 있는 유일한 거울이며, 진리의 우물, 지옥의 등대, 위로와 영광이 되는 것으로 악 속에서 살아갈 수 있는 유일한 방편이다.

시계

L'HORLOGE

무시무시하고 냉정하고 불길한 신, 시계!
그 손가락은 우리를 위협하며 말한다: "*기억하라!*
전율하는 **고통**이 공포로 가득한 네 마음에
곧 표적처럼 꽂히리라;

어렴풋한 **쾌락**은 수평선 너머로 달아나리라
무대 뒤로 스며드는 실피드[165]처럼;
누구에게나 자기만의 계절에 허락된
환락의 한 조각이 순간순간 너를 집어삼킨다.

한 시간에 삼천육백 번, **초**는
속삭인다: ***기억하라!*** **－빠르게,**
벌레 같은 목소리로, **지금** 말한다: 나는 **옛날**이다,
그리고 나는 지저분한 대롱으로 네 인생을 빨아들였다!

리멤버! 기억하라, 낭비하는 자여! ***에스토 메모르!***
(내 금속성 목청이 모든 언어로 말한다.)

165 실피드 : 공기의 정령/

장난치기 좋아하는 죽을 운명이여, **순간**은 모암(母岩)이다
금을 뽑아내기 전엔 절대 놓치지 마라!

시간은 게걸스러운 도박꾼이라는 것을 *기억하라*
속임수를 쓰지 않아도 판마다 이긴다! 그것이 법이다.
낮은 짧아지고, 밤은 늘어난다; *기억하라!*
심연은 늘 목마르고; 물시계는 비워진다.

곧 신성한 **우연**의 시간이 울리리니,
아직 처녀인 네 아내의, 엄숙한 **미덕**도,[166]
참회 자체도 (오! 마지막 여인숙이여!),
모든 것이 네게 말하리라: 죽어라, 늙은 겁쟁이야! 너무 늦었다!"

166 우리는 「축복」에서 시인과 그의 아내에 대해 알고 있다. 여기에서 우연의 시간이 시인에게 모든 것을 말해줄 것이라고 한다. 그러고는 시인을 죽으라고 저주한다.

파리 풍경

TABLEAUX PARISIENS

〈적갈색 머리의 여인〉, 에밀 드로이, 1848, 루브르박물관 소장(191쪽)

풍경

PAYSAGE

나는, 나의 목가들을 순결하게 짓기 위해서,
마치 점성술사처럼 하늘 옆, 종탑 가까이에 누워,
바람에 실려 온 장중한 찬가를
꿈을 꾸면서 듣고 싶다.
내 다락방 높은 곳에서 두 손으로 턱을 괴고,
노래하고 수다 떠는 일터를 보리라;
굴뚝들, 종탑들, 도시의 깃대들,
그리고 영원을 꿈꾸게 하는 광대한 하늘을.

창공에 별이, 창문에는 불빛이 비추고,
석탄 강이 하늘로 거슬러 올라가고,
달이 그 창백한 매력을 쏟아붓는 것을
안개 너머로 바라보는 것은 감미롭다.
나는 봄, 여름 그리고 가을을 보리라;
그리고 단조로운 눈 내리는 겨울이 오면,
꿈처럼 아름다운 나의 궁전들을 밤에 세우기 위하여
곳곳의 문과 덧창을 닫으리라.
그때 나는 푸르스름한 수평선과,
정원과, 하얀 대리석에서 눈물 흘리는 분수와,

입맞춤과, 아침저녁으로 노래하는 새,
그리고 **목가**가 가진 더 어린아이다운 모든 것을 꿈꾸리다.
헛되이 내 창에 휘몰아치는 **소동**은
책상에서 내 이마를 들어 올리게 하지 못하리라;
왜냐하면 나는 내 의지로 **봄**을 불러일으키고,
내 마음에서 태양을 끌어내어,
몹시 뜨거운 내 생각들로부터 훈훈한 분위기를 만드는
이 관능 속에 잠겨 있을 것이기에.

태양

LE SOLEIL

잔혹한 태양이 도시와 들판에, 지붕과 밀밭 위에
맹렬하게 내리쬐일 때,
비밀스런 음란의 피난처인
덧창 달린 초라한 집들이 늘어선 옛 변두리를 따라서,
나는 홀로 나의 환상적인 검술을 연마하러 간다,
구석구석에서 우연한 운율의 냄새를 맡고,
포석들 위에서처럼 단어들 위에서 비틀거리면서,
이따금 오래전부터 꿈꾸어온 시구들과 부딪친다.

빈혈의 적, 이 양육하는 아버지는,
들판에서 장미를 깨우듯이 시구들을 깨운다;
그는 근심이 하늘로 증발되게 하고,
뇌와 벌통을 꿀로 채운다.
목발 짚은 자들이 다시 젊어져서
처녀들처럼 즐겁고 부드러워지게 하고,
언제나 꽃피기 원하는 불멸의 마음속에서
작물들이 자라고 무르익도록 명령하는 것이 바로 그다!

이렇게 시인처럼, 태양이 도시로 내려올 때,

그것은 가장 천한 자들의 운명을 고상하게 하고,
소리 없이 그리고 시종도 없이 왕으로서
모든 병원과 모든 궁전에 들어간다.

적갈색 머리의 거지 아이에게

À UNE MENDIANTE ROUSSE

적갈색 머리의 백인 소녀,
구멍난 그녀의 옷에서
가난과 아름다움이
　　　　보인다,

변변치 못한 시인인, 나에게
주근깨투성이에
어리고 병약한 네 몸은,
　　　　부드럽기만 하다.

너는 무거운 나막신을
소설 속의 여왕이 신은
벨벳 반장화보다
　　　　더 우아하게 신고 있다.

깡동한 넝마 대신에,
긴 주름이 늘어진 화려한 궁정 의상이
네 발꿈치 위에서
　　　　사르르 끌리는 소리를 내기를;

방탕한 사람들의 눈에
너의 다리 위에서
구멍 난 양말 대신
　　　　황금 단도가 빛나기를;

매듭이 잘못 매어져서
두 눈동자처럼 빛나는 아름다운 네 젖가슴이
우리의 죄를 위하여,
　　　　드러나기를;

옷을 벗을 때면
네 팔은 쉽사리 응하지 않고
개구쟁이들의 손가락,
　　　　단호하게 쫓아내기를

최고의 진주,
거장 **벨로**[1]의 소네트들이
너의 노예가 된 호색가들로부터
　　　　끊임없이 바쳐지고,

서투른 시인의 추종자들은

1　벨로(Rémy Belleau, 1528~1577) : 프랑스 르네상스 시기의 시인.

네게 그들의 새로운 것[2]들을 바치고
계단 아래에서
　　　　너의 신발을 바라보며,

우연히 마주치기를 기대하는 많은 시동들과,
영주와 **롱사르**[3] 같은 무리는
오락거리 삼아 몰래 엿보겠지
　　　　싸늘한 네 골방을!

너는 네 잠자리에서 백합[4]보다
더 많은 입맞춤을 헤아리리라[5]
그리고 다수의 **발루아 왕**들이
　　　　너의 법 아래 줄지어 서리라!

—그렇지만 너는 구걸하며 간다
교차로의 어느 음식점 문간에
널브러져 있는
　　　　오래된 부스러기를;

---

2 새로 지은 시들.

3 롱사르(Pierre de Ronsard, 1524~1585) : 프랑스의 시인으로 플레야드 시파의 필두. 앞에 언급된 레미 벨로도 같은 유파였다.

4 처녀성의 상징

5 이불에 피부가 스치는 감미로운 느낌을 입맞춤이라고 표현했다.

너는 29수[6]짜리 보석을
아래로 곁눈질하면서 간다
오! 용서해다오! 내가 네게
　　　　　선물할 수 없는 것을.

그러니 가라, 여위고 헐벗은 네 몸 외에,
향수나 진주, 다이아몬드,
다른 아무런 장식이 없이,
　　　　　오 나의 아름다운 이여!

6　수(sous) : 프랑스의 옛 화폐 최하 단위.

백조

LE CYGNE

빅토르 위고에게

I

앙드로마크여, 나는 당신을 생각한다! 작은 이 강은,
예전에 과부로서 당신의 고통이 끝없이 장엄하게
빛났던 초라하고 슬픈 거울,
당신의 눈물로 불어난 거짓 이 **시모이강**은,

내가 새로 생긴 **카루젤** 광장을 가로질렀던 것처럼,
갑자기 나의 많은 기억을 풍요롭게 했다.
옛날의 **파리**는 이제는 없다(도시의 형태가
아 아! 사람의 마음보다 더 빨리 변하는구나);[7]

나는 머릿속으로만 가건물들로 이루어진 캠프를 그려본다,

7 트로이가 함락되고 남편을 잃은 앙드로마크가 피루스의 포로가 되어서도 남편의 가짜 무덤을 만들어놓고 가짜 시모이강에서 죽은 남편과 고향 트로이의 시모이강을 생각하는 모습은, 파리에 있지만 변화하는 도시 속에서 고향을 잃어버린 백조와 같은 자신의 불행한 모습을 연상시킨다.

대충 다듬은 기둥의 머리와 몸통,
풀더미, 웅덩이 물 때문에 녹색이 된 큼직한 돌덩이들,
그리고 유리창에 빛나는, 혼잡한 골동품들을.

한때 그곳에는 동물원이 펼쳐져 있었다;
어느 날 아침 그곳에서 나는 보았다, 차갑고 맑은 하늘 아래
노동이 깨어나고, 쓰레기 처리장이 조용한 공기 속에
어두운 폭풍우[8] 소리를 내는 시간에,

우리에서 달아난 백조 한 마리가,
갈퀴 달린 발로 건조한 포석을 치면서,
울퉁불퉁한 땅바닥 위에 하얀 깃털을 끌고 있었다.
메마른 개울가에서 그 짐승은 부리를 열고

먼지 구덩이 속에서 신경질적으로 날개를 멱감기고 있었다,
그리고 고향의 아름다운 호수로 가득한 그의 마음은 말했다:
"물이여, 너는 언제 비를 내릴 것인가? 벼락이여, 너는 언제 천둥을 칠 것인가?"
나는 기이하고 숙명적인 이 신화, 불행한 이 짐승을 본다,

오비디우스 같은 사람처럼, 이따금 하늘을 향해,[9]

---

8 새벽에 쓰레기 처리장의 시끄러운 소리를 폭풍우로 비유했다.

9 로마의 시인 오비디우스는 『변신 이야기(Metamorphoses)』에서 인간의 탄생을 말할 때 '신이 동물과 달리 인간의 이마를 들어 올렸고, 하늘을 보고 별들 위에 시선을 고

잔혹하게 푸르고 아이러니한 하늘을 향해,
경련하는 목 위에 갈망하는 머리를 쳐들며,
마치 **신**에게 비난을 보냈던 것처럼!

Ⅱ

파리는 변한다! 그러나 나의 우울 속에서는 아무것도
움직이지 않았다! 새 궁전, 발판, 돌덩이,
낡은 변두리, 모든 것이 나에게는 알레고리[10]가 된다,
그리고 소중한 내 추억들은 바위보다 무겁다.

그래서 이 **루브르** 앞에서 하나의 이미지가 나를 압박한다:
나는 내 커다란 백조를 생각한다, 미친 듯한 그 몸짓들과 함께,
추방된 자들처럼, 우스꽝스럽고도 숭고한
그리고 끊임없이 욕망에 갉아 먹힌 백조를! 그리고 당신을,

앙드로마크, 위대한 남편의 팔에서,
비열한 짐승, 오만한 **피루스**의 손으로 떨어진,
빈 무덤 곁에서 넋을 잃고 고개 숙인;

정하라 명령했다' 고 썼다.

10 변화하는 파리의 모습 속에 자신의 터를 잃어버린 백조의 모습이 알레고리가 되어 추방된 자들, 앙드로마크, 흑인 여자, 고아들, 잃어버려서는 안 될 것들을 잃은 사람들이 연상된다.

헥토르의 과부, 아 아! 그리고 **헬레누스**의 아내여!

나는 진창 속에 발을 구르면서, 험상궂은 눈으로,
거대한 안개 벽 뒤에서
화려한 **아프리카**의 사라진 야자나무들을 찾는
폐결핵을 앓는 깡마른 흑인 여자를 생각한다;

결코, 결코! 다시는 찾을 수 없는 것을
잃어버린 모든 자들! 눈물로 목을 축이고
착한 창녀처럼 **고통**을 빨아 먹는 사람들을!
꽃들처럼 시들어가는 야윈 고아들을!

이렇게 내 정신이 추방된 숲속에서
옛 **추억**은 가득한 숨으로 뿔피리를 분다!
나는 어떤 섬에서 잊힌 선원들을 생각한다,
포획된 자들, 정복된 자들! ……그 외에 다른 많은 사람들을!

일곱 명의 노인들

LES SEPT VIEILLARDS

빅토르 위고에게

우글거리는 도시, 꿈으로 가득한 도시,
그곳에선 대낮에 유령이 지나가는 행인을 멈춰 세운다!
강력한 거인의 좁은 수로에서
신비가 마치 수액처럼 곳곳으로 흐른다.

어느 날 아침, 슬픈 거리에는
안개 때문에 더 높아 보이는 집들이,
불어난 강의 둑인 척하고 있었고,
배우의 영혼과 유사한 배경인,

지저분한 누런 안개가 모든 공간에 넘쳐흐를 때,
나는, 주인공처럼 신경을 긴장시키고
이미 지친 내 영혼과 논쟁하면서,
무거운 덤프차에 흔들리는 변두리를 따라가고 있었다.

갑자기, 비 오는 날의 하늘빛 같은
누런 누더기를 걸치고

그 눈에서 사악함만 빛나지 않았더라면
쏟아지는 비 오듯 적선을 받았을 몰골을 한 노인이,

내 앞에 나타났다. 사람들은 그의 눈이 담즙에 잠겨 있다고
말했으리라; 그의 시선은 서릿발 같았고,
칼날처럼 뻣뻣한 긴 턱수염은,
유다의 수염처럼 튀어나와 있었다.

그는 허리가 굽은 게 아니라, 부러져 있었다, 그의 등뼈와
다리는 완벽한 직각을 이루었고,
마침내 그의 외모를 완성해준 지팡이가
불구의 네 발 짐승 혹은 발이 세 개인 유대인의

모습과 서투른 걸음걸이를 그에게 주고 있었다.
헌 신발로 시체들을 짓밟는 것처럼,
눈과 진흙에 발이 빠져 휘청이며 걸어가고 있었다,
세상에 냉담하다기보다는 오히려 적대적으로.

똑같은 늙은이가 그 뒤를 따랐다: 수염도 눈도 등도 지팡이와 넝마도
어떤 특징도 구별되지 않았다, 같은 지옥에서 온,
백 살 먹은 쌍둥이, 그리고 이 바로크의 유령들은
똑같은 걸음걸이로 알 수 없는 목표를 향해 걷고 있었다.

그러니 내가 어떤 비열한 공모의 표적이 되어 있었던 걸까,

아니면 어떤 고약한 운명이 이렇게나 나를 모욕하고 있었던 걸까?
왜냐하면 수가 늘어나고 있던 음울한 늙은이들을
나는 시시각각으로 일곱 번을 셌으니까!

불안해하는 나를 비웃으며,
형제처럼 함께 떨지 않는 자여, 생각해보라
이 일곱 명의 흉측한 괴물이 늙었어도
영원한 모습을 하고 있었다는 것을!

내가 죽지 않고, 일곱 번째 늙은이를 바라볼 수 있었을까,
아이러니하고 숙명적이리만치 가혹하게 닮은 사람을,
자기 자신의 아들이자 아버지인 역겨운 불사조를?
―그러나 나는 끔찍한 행렬로부터 돌아섰다.[11]

물건이 두 개로 보이는 주정뱅이처럼 흥분해서,
나는 집으로 돌아갔고, 무서워져서, 문을 닫아걸었다,
아프고 지쳐서, 열이 나고 혼란해진 정신은,
신비와 부조리로 상처를 입었다!

---

11 불멸의 의미가 자기 자신의 아들이자 아버지라면, 즉 시인이 쓰고 있듯이 불사조가 닮은 사람이라면 시인이 하는 모든 노력이 헛된 일이 되고 만다. 그래서 시인은 영혼의 불멸을 믿으며 영혼의 삶을 목표로 수도승처럼 살아온 자신에게 확신을 갖기 위해, 자신도 확신할 수 없는 일에 대한 막연한 전제로 자신의 선택이 헛된 것이 아님을 역설적으로 말하고 있는 것이 아닐까?

내 이성은 헛되이 키를 잡고 싶어 했지만;
폭풍우가 장난치며 그 노력을 방해했고,
내 영혼은 춤을 추었다, 돛대도 없는 낡은 거룻배처럼,
괴물 같은 망망한 바다 위에서, 춤을 추었다!

자그마한 노파들

LES PETITES VIEILLES

빅토르 위고에게

I

모든 것이, 공포조차도, 매혹으로 바뀌는,
옛 수도의 구불구불한 습곡 속에서,
나는 숙명적인 내 기질에 순응하면서,
늙어빠지고 매력적인, 이상한 존재들의 동정을 살핀다.

이 쪼그라진 괴물들도 예전에 여인들이었다,
에포닌이나 혹은 **라이스** 같은! 부서지고, 곱사등이에
뒤틀린 괴물들, 그들을 사랑하자! 그들은 여전히 영혼들이다.
구멍 난 치마에 차가운 천 조각을 걸치고

그들은 부당한 북풍에 두들겨맞으며 기어간다,
합승마차 바퀴 구르는 굉음에 벌벌 떨면서,
꽃무늬나 뭔지 모를 무늬가 수놓인 작은 가방을,
성유물이라도 되는 양, 옆구리에 바짝 끼고서;

꼭두각시를 빼닮은 그들은 종종걸음을 친다;
마치 상처 입은 동물들처럼,
혹은 **악마**가 무자비하게 매달린 보잘것없는 종들처럼
원하지 않는 춤을 억지로 추듯이 질질 끌며 간다! 모두 노쇠했음에도

불구하고, 그들의 눈은 마치 밤에 물이 고여 있는
웅덩이처럼 빛나고, 송곳처럼 꿰뚫는 듯하다;
그들의 눈은 반짝이는 것만 보면 놀라 웃음을 터뜨리는
작은 소녀의 눈처럼 신성하다.

―당신은 많은 노파들의 관이
어린아이들 관만큼이나 작다는 것을 눈여겨서 본 적이 있는가?
박식한 **죽음**은 이러한 관에
이상하고 매력적인 취향의 상징을 담는다.

파리의 혼잡한 풍경을 가로지르는
가냘픈 유령이 얼핏 보일 때마다,
언제나 연약한 이 존재는 내 보기에
느릿느릿 새로운 요람을 향해 가는 것 같다;

서로 일치하지 않는 팔다리 모양 때문에,
기하학적 구조에 대해 깊이 심사숙고하면서,
목수가 이 모든 몸을 넣을 상자[12]를 만들기 위해

---

12 앞에서는 '관' 이라고 했는데 여기서는 '상자' 라고 표현하여 좀 더 가벼운 느낌을 주

형태에 몇 번이나 변화를 줘야 할지를 내가 찾으려 하지 않는 한.[13]

—이 눈들은 수많은 눈물로 만들어진 우물이다,
차가워진 금속으로 번쩍거리던 도가니……
신비한 이 눈들은 거부할 수 없는 매력을 가지고 있다
엄숙한 **역경**이 젖을 먹여 키운 자에게는![14]

Ⅱ

사라진 **프라스카티**[15], 사랑에 빠진 **베스타**[16]**의 무녀**;
아아! 무대 아래의 후견인만이
이름을 알고 있는 **탈리아**[17]의 여사제; 예전에 **티볼리**[18]가
꽃 아래 드리웠던 그늘에서 자취를 감춘 유명인,

이 모든 여인들이 나를 취하게 한다! 그러나 연약한 이 존재들 가운데
고통으로 꿀을 만들면서, 그들에게 날개를

었다.

13 노파의 몸이 아닌 영혼에 관심을 두기에.

14 여인이 일평생을 살아가면서 받았을 고통이 수많은 눈물을 쏟게 만들었을 것이기에 노파의 눈은 고난을 겪은 자라면 공감하는 매력이 있음에 틀림없다.

15 프라스카티 : 이탈리아 라치오주에 있는 휴양지.

16 베스타 : 로마 신화의 화로의 여신.

17 탈리아 : 그리스 신화의 희극의 여신. 아홉 뮤즈 중 하나.

18 이탈리아 중부 관광 휴양 도시. 고대부터 로마인들의 별장지로 이용되었으며, 지금은 교회가 된 베스타 신전도 이곳에 있었다.

빌려줬던 **헌신**에게 말했던 사람들이 있다;
히포그리프[19]여, 나를 하늘까지 데리고 가라!

어떤 여자는, 조국에 의해서 불행해지고,
다른 여자는, 남편 때문에 고통을 짊어졌고,
또 다른 여자는, 아이 때문에 마음이 아픈 **마리아**가 되었다,
모두가 그들의 눈물로 강을 만들 수 있었으리라 !

Ⅲ

아 ! 나는 이 자그마한 노파들을 얼마나 따라갔던가!
그들 중에서 한 사람은 떨어지는 해의
자줏빛 상처가 하늘을 피로 물들이는 시간에,
생각에 잠겨, 긴 의자에 따로 앉아 있었다,

이따금 우리의 정원을 가득 채우는 군인들의
풍요로운 금관악기 연주회 중 하나를 듣기 위하여,
그리고 사람들이 다시 산다고 느끼는 황금빛 저녁에,
시민들의 마음에 어떤 영웅심을 부어주는 그 연주회를 듣기 위하여.

19 히포그리프 : 그리스 신화에 나오는 괴물. 말의 몸에 독수리의 머리와 날개가 달려 있다.

아직 꼿꼿하고, 당당하고 규율에 맞는 몸가짐을 한 다른 여인은,
생생하고 호전적인 이 노래를 굶주린 듯이 들이마시고 있었다;
그녀의 눈은 이따금 늙은 독수리의 눈처럼 크게 뜨였고;
대리석 같은 이마는 월계관을 쓰기 위해 만들어진 듯했었다!

Ⅳ

이렇게 당신들은 의연하게 불평 없이 길을 간다,
살아 있는 도시의 혼돈을 가로질러서,
옛날에는 모두가 그 이름을 댔던
유녀든 혹은 성녀든, 마음에 피가 흐르는 어머니들이여.

은총이었거나 영광이었던 당신들,
아무도 당신들을 알아보지 못한다! 무례한 술꾼이
지나치면서 가소로운 사랑으로 당신들을 모욕하고;
비열하고 천한 어린아이가 당신의 발뒤꿈치에서 깡충거린다.

살아 있는 게 부끄러운 당신들은, 오그라든 그림자가 되어,
겁에 질려, 등을 구부리고 벽을 따라 간다;
아무도 당신들에게 인사하지 않는다, 기이한 운명이여!
성숙한 영원을 위한 인류의 잔해들이여!

그러나 나는, 멀리서 다정하게 당신들을 지켜보는 나는,

불분명한 당신들의 발자국에 불안한 시선을 고정시키고,
마치 내가 당신들의 아버지나 되었던 것처럼, 오 경이로움이여!
나는 당신들 모르게 은밀한 즐거움을 맛본다:

나는 당신들의 풋풋한 열정이 꽃피는 것을 보고;
어둡거나 혹은 빛나는, 당신들의 잃어버린 날들을 보았다;
증식된 내 마음은 당신들의 모든 악덕을 즐긴다!
내 영혼은 당신들의 모든 미덕으로 빛난다![20]

폐인들! 나의 가족! 오 같은 두뇌를 가진 사람들이여!
나는 매일 저녁 당신들에게 엄숙한 작별을 한다!
신의 무시무시한 발톱이 짓누르는,
여든 살의 **이브**들이여, 당신들은 내일 어디에 있을까?[21]

---

20 시인은 노파들의 모습에서 그들이 잃어버렸던 날들을 보며 그들의 악덕을 즐기고, 시인의 영혼은 그들의 모든 미덕으로 빛이 난다고 말한다. 앞서 많은 고통으로 눈물 흘렸을 여인들에게는 그만한 역경을 겪은 사람이라면 공감하는 매력이 있다고 했다. 젊을 때는 예쁘고 희망이 넘쳤을 여인들, 그러나 늙어서 아무도 인사하지 않고 알아보지도 못하는 그들에게는 이제 희망도 없고, 미움도 질투도 없다. 단지 현재 즐길 수 있는 것을 마음으로 즐기고 매일 감사와 기쁨으로 살아가는 것이다. 시인은 이 여인들의 악덕을 같이 마음으로 즐길 때 또한 그 미덕으로 영혼이 기쁨으로 빛난다고 말하는 것이다.

21 앞의 시에서 영원한 삶이 불사조와 같은 그 자신의 아들이자 아버지였다면, 이 시에서 시인이 공감하고 즐기는 삶 속에서 느끼는 죽음은 자그마한 노파들처럼 조용히 새로운 요람 쪽으로 가는 것과 같다.

장님들[22]

LES AVEUGLES

내 영혼아, 저들을 보라; 저들은 정말 끔찍하다!
마네킹 같기도 하고; 약간 우스꽝스럽다;
끔찍하고 몽유병자처럼 이상하다;
그들은 어두운 눈동자로 어딘지 알 수 없는 곳을 뚫어져라 쳐다본다.

신성한 광채가 떠나버린 그들의 눈은,
마치 먼 곳을 바라보듯, 하늘을
향하고 있다; 그들이 무거운 머리를 길바닥으로
꿈꾸듯 기울인 것을 본 사람은 아무도 없다.

그들은 영원한 침묵의 형제,
이렇게 한없는 어둠을 가로지른다. 오 도시여!
네가 환락으로 정신을 잃고 잔혹해지기까지,

---

22 장님에게는 아무것도 보이지 않는다. 도시의 환락에 빠진 사람들도 앞을 보지 못하기는 매한가지다. 그래서 시인은 도시의 환락이 사람들의 정신을 빼놓는 그 어둠 속에서 오히려 앞 못 보는 장님들처럼 기어간다. 장님들이 하늘에서 찾는 것이 무엇인지 궁금해하며…….

우리 주변에서 노래하고, 웃고, 울부짖는 동안에,
보라! 나 또한 기어간다! 그러나, 그들보다 더 얼이 빠져서,
나는 말한다: 이 장님들은 모두 **하늘**에서 무엇을 찾는 거지?

지나가는 어떤 여인에게

À UNE PASSANTE

거리는 내 주변에서 귀가 멍멍해지게 아우성치고 있었다.
키 크고 날씬한 한 여인이 상복을 입고,
장엄한 고통에 잠겨, 사치스러운 손으로
소매 장식을 흔들고 옷자락을 들어 올리며;

날렵하고 고상하게, 조각상 같은 다리로 지나갔다.
나, 나는 얼빠진 사람처럼 긴장하여,
폭풍우가 싹트는 납빛 하늘 같은 그녀의 눈에서
매혹적인 감미로움과 치명적인 쾌락을 마시고 있었다.

한 줄기 번개…… 그리고 밤! ─ 그 시선으로[23]
갑자기 나를 다시 태어나게 한, 순간적인 아름다움,
나는 이제 영원 밖에서는 너를 볼 수 없는 걸까?

여기서 아주 먼, 다른 곳에서! 너무 늦었다! 어쩌면 *결코* 보지 못하리!

---

23 시인이 사랑하는 여인은 잠시 나타나는 환영이다. 그래서 시인은 거지에게서, 지나가는 여인에게서, 도시의 곳곳에서 그녀를 일시적인, 순간적인 모습으로 알아본다. 그 순간의 모습이 영원을 담고 있다. 여기서 주목할 것은 시인이 그 여인을 사랑했음을 그녀도 알고 있었다는 것이다.

난 네가 어디로 달아나는지 모르고, 넌 내가 어디로 가는지 모르기에.
오 내가 사랑했던 너, 오 그걸 알고 있었던 너여!

밭 가는 해골

LE SQUELETTE LABOUREUR

I

이 먼지 날리는 둑 위로 굴러다니는
해부도 그려진 판자 위에는,
시체 같은 많은 책이
마치 고대의 미라처럼 잠자고 있다,

박식하고 장중한
늙은 예술가의 소묘들은
주제는 비록 슬프지만,
아름다움을 전하고 있다,

이 신비한 공포를
더 완벽하게 하는 것은,
피부가 벗겨진 **인체 표본**과 **해골**들이
농부처럼 삽질하는 모습이다.

Ⅱ

슬프고 체념한 농민들이여,
당신들의 등뼈와,
껍질 벗겨진 근육의 모든 노력으로
파헤치는 이 땅에서,

말해보시오, 시체 구덩이에서 빠져나온
도형수인 당신들이
어떤 낯선 수확을 끌어내고,
어떤 농부의 곳간을 채워야 하는지?

당신들은 보여주길 원하는가(너무도 고된 운명의
무시무시하고 명백한 상징이여!)
묘혈 속에서조차 약속된 잠을
보장받지 못한다는 것을;[24]

허무는 우리를 배신하고;
모든 것이, **죽음**조차도 우리를 속인다는 것을,
그리고 한결같이,

---

24 시인에게 죽음은 곧 잠이다. 육체와 영혼의 분리이며, 「자그마한 노파들」에게서 본 것처럼 새로운 요람으로의 출발이다. 그런데 이 시에서는 우리가 약속된 잠을 보장받지 못하고, 허무도 우리를 배신하고 죽음조차도 우리를 속인다고 한다. 앞서 나온 '피의 목욕'으로 변질된 기독교의 폐해라고 보면 되겠다.

아아! 어쩌면 우리는

알 수 없는 어떤 나라에서
거친 땅을 벗겨내고
우리의 피투성이 맨발 아래로
무거운 삽을 밀어 넣어야 한다는 것을?[25]

---

25 시인이 살던 그 당시 포교를 위해서 많은 '알 수 없는 어떤 나라'로 선교를 나갔던 상황을 연상시킨다. 그러나 그를 위한 노고는 모두 평민들의 몫이었고, 죽어서도 약속된 잠을 누리지 못하고, 허무도 배신하고, 죽음조차도 거짓이었다는 것이다.

저녁의 황혼

LE CRÉPUSCULE DU SOIR

여기 매혹적인 저녁, 죄인의 친구가 있다;
그는 공범처럼, 늑대걸음으로 온다; 하늘은
마치 커다란 규방처럼 천천히 닫힌다,
그리고 초조한 인간은 야수가 된다.

오 저녁이여, 거짓말 않고 그 팔이 "오늘 우리는 일했다!"라고
말할 수 있는 자가 바라는 사랑스런 저녁이여.
—잔인한 고통에 뜯어먹히는 마음과,
이마가 무거워지는 집요한 학자와,
잠자리로 되돌아가는 등 굽은 노동자를
위로하는 저녁이여.
그렇지만 대기 중에 건강치 못한 악마들이
사업가들처럼 무겁게 깨어나,
날아다니면서 덧창과 차양을 두드린다.
바람이 괴롭히는 황혼의 어렴풋한 빛 사이로
거리마다 **매음**이 불을 밝힌다;
매음은 개미굴 같은 출구를 열고;
곳곳에 은밀한 길을 낸다,
습격을 시도하는 적군처럼;

매음은 진흙탕 도시 한가운데서 움직인다
먹을 것을 **사람**에게서 훔치는 구더기처럼.
여기저기서 요리하는 소리가 들리고,
극장에서 날카롭게 외치는 소리, 오케스트라 붕붕대는 소리가 들린다;
도박을 기쁨의 원천으로 치는 공동 탁자들은,
창녀와 사기꾼, 그들의 공범들로 채워진다,
휴식도 없고 감사하지도 않는 도둑들 역시,
곧 그들의 일을 시작하리라,
며칠의 생계와 정부의 옷값을 위해
문짝과 금고를 천천히 부수고 열리라.

내 영혼아, 이 심각한 순간 생각해보라,
그리고 이 포효하는 소리에 귀를 막아라.
환자들의 고통이 심해지는 시간이다!
어두운 **밤**이 그들의 목을 옥죄면;
그들은 운명을 다하고 공동의 구덩이 쪽으로 간다;
병원은 그들의 탄식으로 가득 찬다. —저녁마다,
난롯가에, 사랑하는 사람 곁으로,
향긋한 수프를 찾으러 오지 못할 이가 한두 명이 아니리라.

그렇지만 그들은 대부분 가정의 온화함을
결코 알지 못했고 전혀 경험하지 못한 이들이었다!

도박

LE JEU

낡은 안락의자에 늙은 창녀들이 앉아,
창백한 얼굴에 눈썹을 그리고, 교태 어린 치명적인 눈으로,
눈웃음친다. 그들의 빈약한 귀에서는
보석과 금속이 부딪쳐 소리가 난다;

푸른 도박판 주위에는 입술 없는 얼굴들,
색을 잃은 입술들, 이가 없는 턱들,
그리고 지독한 열에 들떠 떨리는 손가락들이
빈 주머니나 두근거리는 가슴을 더듬는다;

더러운 천장 아래, 한 줄의 창백한 샹들리에와
커다란 캥케식 등(燈)이
그들의 피와 땀을 낭비하러 온
유명한 시인들의 어두운 이마에 희미한 빛을 비춘다;

자, 이것이 어느 날 밤 꿈속에서 내 밝은 눈앞에
펼쳐졌던 검은 풍경이다.
나로 말하자면, 조용한 소굴 한구석에서,
팔꿈치를 괴고, 추위에 떨며, 말없이, 부러워하고 있었다,

그들의 끈질긴 열정을 부러워하고,
늙은 창녀들의 비참한 쾌활함을 부러워하고,
그리고 모두 대담하게 내 면전에서 한 사람은 그의 옛날의 명예를
다른 사람은 자신의 아름다움을 거래하는 것을 부러워하고 있었다!

그리고 내 마음은, 입 벌린 심연으로 열정적으로 달려가며,
자신의 피에 취해서, 요컨대 죽음보다 고통을
그리고 허무보다는 지옥을 선택할,
수많은 가엾은 사람을 부러워하는 게 무서워졌다![26]

---

26 도박장 한구석에서 구경하는 시인은 그곳 사람들이 스스로의 피에 취한 행동을 하고 있다는 걸 알고 있음에도 불구하고 열정적으로 살아가는 모습을 부러워한다. 그러나 곧 죽음과 허무보다 고통과 지옥을 선택한 사람들을 부러워하는 자신이 무서워졌다.

죽음의 춤

DANCE MACABRE

에르네스트 크리스토프에게

커다란 꽃다발과 손수건에, 장갑까지 끼고,
살아 있는 사람 못지않은 고귀한 자태를 자랑하는
그녀는 이상야릇한 태도에 가녀리고 요염한 여자의
무례함과 태평함을 두루 갖췄다.

무도회에서 이보다 날씬한 허리를 본 적 있는가?
그녀의 과장된 드레스는 어마어마하고 풍성하여
꽃처럼 예쁜, 술 달린 구두로 조여진
여윈 발등 위로 넉넉하게 떨어진다.

바위에 부딪히는 관능적인 시냇물처럼,
쇄골 근처에서 가벼이 움직이는 주름장식은,
터무니없는 조롱으로부터 그녀가 숨기고 싶어 하는
침울한 가슴을 정숙하게 보호한다.

그녀의 깊은 눈은 공허와 어둠으로 만들어졌고,
솜씨 좋게 꽃으로 꾸며진 그녀의 머리는,

연약한 등뼈 위에서 부드럽게 흔들린다.
오 미친 듯이 치장한 허무의 매력이여!

인체 골격의 이름 모를 우아함을 이해하지 못하는
살에 취한 연인들, 그들은 너를 꼴불견이라고
부르겠지. 그러나 위대한 해골이여,
너는 나의 가장 소중한 취향에 맞는다!

너는 심히 찌푸린 얼굴로,
삶의 축제를 방해하려고 왔는가? 아니면
아직 살아 있는 네 송장을 자극하는 어떤 낡은 욕망이
고지식한 너를 쾌락의 야연으로 내몰았는가?

바이올린의 노래에, 초의 불꽃에,
너를 조롱하는 악몽을 몰아내길 바라는가,
그리고 네 마음속에서 불타오르는 지옥을
대주연의 급류로 다시 식혀달라고 부탁하러 왔는가?

어리석음과 실수가 마르지 않는 우물이여!
오래된 고통의 영원한 증류기여!
너의 갈비뼈의 구부러진 격자 사이로
나는 아직도 배회하는 탐욕스런 독사를 본다.

진실을 말하자면, 나는 두렵다 너의 교태가

그 노력이 받을 만한 가치를 누리지 못할까 봐;
죽을 운명의 사람들 가운데 누가 네 농담을 받아주겠는가?
공포의 매력에 취할 수 있는 건 강한 자들뿐이다!

끔찍한 생각들로 가득한 너의 심연 같은 눈은,
현기증을 일으킨다, 그리고 조심스런 무희들은
쓴물을 토하지 않고서는 네 서른두 개 이빨의
영원한 미소를 바라보지 못하리라.

그렇지만 두 팔로 해골을 끌어안지 않은 자가 누구이며,
무덤에서 나온 것으로 길러지지 않은 자가 누구인가?
향기나, 옷, 화장 따위가 뭐가 중요한가?
까다롭게 구는 자는 자신이 아름답다고 믿는 것을 보여준다.

코 없는 무희여, 저항할 수 없는 계집이여,
그러니 눈 가리고 춤추는 이 사람들[27]에게 말하라:
"분과 입술연지로 아무리 솜씨를 부려도, 대단한 총아들,
당신들은 모두 죽음의 냄새가 난다! 오 사향 냄새 나는 해골들이여,

매끈한 얼굴의 신사, 시들한 미남 **안티노우스**,

---

27 「장님들」에서 시인은 보이지도 않는데 눈을 하늘로 쳐들고 있는 장님들을 기이하게 보았다. 걸어가려면 땅을 보아야 넘어지지 않을 테니 말이다. 이 시에는 눈을 가리고 앞도 땅도 보지 않고 춤을 추는 사람들이 있다. 시인이 밝은 눈으로 현실을 바라보는 것을 무척 중시했음을 알 수 있는 부분이다.

니스 칠한 시체, 백발의 호색가,
전 세계를 뒤흔드는 죽음의 춤이
당신들을 알려지지 않은 장소로 이끈다!

센강의 차가운 둑에서 **갠지스강**의 뜨거운 기슭까지,
죽음의 무리는 기뻐서 펄쩍 뛰다 혼절한다,
천장의 구멍에 검은 나팔총처럼
천사의 나팔이 음울하게 벌어져 있음을 보지 못한 채.[28]

이 세상에서, 모든 환경에서, **죽음**은
우스꽝스러운 **인류**, 너의 사실 왜곡에 감탄한다,
때로는 너처럼, 몰약 향기를 풍기면서,
너의 미친 짓에 빈정거림을 섞곤 한다!"[29]

---

28 세상의 종말에 심판의 때가 오면 천사들이 나팔을 불 것이라는 계시록의 기록을 상기시킨다.

29 우리 인간들이 죽음의 뜻을 왜곡하는 것에 죽음이 감탄한다고 하였다. 보들레르에게 죽음은 잠, 휴식, 새로운 요람으로의 출발 등을 의미한다. 그런데 「죽음의 춤」에서 죽음이 비웃는 사실 왜곡은 역시 "피의 목욕" 이 불러온 기독교의 폐해이다.

거짓에의 사랑

L'AMOUR DU MENSONGE

오 나의 게으른 여인이여, 천장에서 부서지는
악기의 노래에 느릿하게 발걸음을 맞추고,
깊은 눈길에 권태를 내비치며,
네가 지나가는 것을 보노라면;

가스등 불빛에 비쳐 병적인 매력으로 아름다워지고,
저녁의 횃불들이 새벽빛에 불을 붙이는
창백한 네 이마와 초상화의 눈처럼
매력적인 네 눈을 바라보노라면,

나는 혼자 말한다: 그녀는 아름다워! 그리고 특이하게 상큼하다!
왕실의 무거운 종탑처럼 묵직한 추억이
그녀에게 왕관을 씌운다, 그리고 복숭아처럼 멍든 그녀의 마음은,
능숙한 사랑을 위하여, 그녀의 몸처럼 성숙해졌다.

너는 최상의 맛이 나는 가을의 과일인가?
어떤 눈물을 기다리는 슬픈 단지인가,
먼 오아시스를 꿈꾸게 하는 향기인가,
애무하는 베개, 혹은 꽃바구니인가?

나는 소중한 비밀을 조금도 감추지 않는,
가장 우울한 눈이 있음을 안다;
보석이 없는 보석 상자, 유물이 없는 유물함,
오 **하늘**이여! 당신보다 더 깊고, 더 비어 있는 눈이 있음을!

그러나 진실을 외면하는 마음을 즐겁게 해주기 위해서라면,
네가 겉모습뿐이라는 것으로 충분하지 않은가?
네가 어리석든 냉담하든 뭐가 중요한가?
가면이든 장식이든, 구세주여! 나는 네 아름다움을 사랑한다.

나는 잊지 않았다

JE N'AI PAS OUBLIÉ

나는 잊지 않았다, 도시에 이웃한,
작지만 조용한, 우리의 하얀 집을;
포모나[30] 석고상과 낡은 **비너스** 상의
벌거벗은 팔다리를 가려주던 초라한 작은 숲에,
태양은, 매일 저녁, 찬란한 빛 퍼뜨리며,
그 햇살 다발이 꺾여 들어오던 유리창 너머로,
호기심 많은 하늘에서 크게 뜬 눈으로,
길고도 조용한 우리의 만찬을 지켜보는 것 같았다,
검소한 식탁보와 서지 커튼 위에,
촛불처럼 아름다운 반사광을 넓게 퍼뜨리면서.

---

30 포모나 : 로마 신화에 나오는 과일나무의 여신.

당신이 시기했던 마음씨 좋은 하녀

LA SERVANTE AU GRAND COEUR DONT VOUS ÉTIEZ JALOUSE

당신이 시기했던 마음씨 좋은 하녀,
이제는 보잘것없는 잔디밭에서 잠자는 하녀,
그렇지만 우리는 그녀에게 꽃 몇 송이 갖다 줘야 한다.
죽은 사람들, 가엾게 죽은 사람들은 심한 고통을 겪었고,
오래된 나뭇가지를 쳐내는 10월에,
대리석 묘비 주변에 우울한 바람이 불어올 때,
확실히, 죽은 자들은, 예전의 그들처럼 따뜻한 자리에서 잠드는
살아 있는 자들을 배은망덕하다고 생각할 게 틀림없다,
반면 악몽에 삼켜져서,
잠자리를 함께할 사람도 없고, 즐거운 대화도 없이,
구더기에 시달리는 얼어붙은 해골이 된 지 오래인,
그들이 느끼는 거라곤 겨울눈에 맺힌 물기가 방울방울 떨어지고,
철책에 매달린 쪼가리들을 갈아줄
친구도 가족도 없이, 세월이 흐르는 것.

장작이 휘파람 소리로 노래하는 저녁에, 만일 그녀가
편안히, 안락의자에 앉는 것을 내가 본다면,
만일, 12월의 춥고 우울한 저녁에,
내 방 구석진 곳에 엄숙하게 웅크린 그녀를 발견한다면,

그리고 그녀의 영원한 잠자리 깊숙한 곳으로부터 와서
어머니다운 눈으로 다 자란 아이를 지그시 바라보는 것을 발견한다면,
그녀의 움푹 파인 눈꺼풀에서 눈물이 떨어지는 것을 보면서,
내가 이 경건한 영혼에게 무슨 대답을 할 수 있을까?

안개와 비

BRUMES ET PLUIES

오 가을의 끝, 겨울, 진흙탕에 빠진 봄
지루한 계절들이여! 너희를 사랑하고 찬양하노라
너희가 안개 낀 수의와 모호한 무덤으로
이렇게 내 마음과 머리를 감싸주기에.

차가운 남서풍이 불고, 긴긴 밤에
바람개비가 목이 쉬는 이 넓은 벌판에,
내 영혼은 또다시 포근한 날씨일 때보다
더 활짝 까마귀 날개를 펼치리라.

음산한 것들로 가득한 마음,
오래전부터 서리가 내려오는 이 마음에,
오 우중충한 계절들, 우리의 기후의 여왕들이여,

너희들의 항구적인 창백한 어둠의 모습보다

더 다정한 것은 아무것도 없다, —달도 없는 저녁, 두 사람씩,
우연의 침대 위에서 고통을 잠재우는 것밖에는.[31]

---

31 시인에게는 음울한 계절의 창백한 어둠이 다정하게 느껴질 수도 있지만, 연인들의 우연한 만남은 그보다 더 다정한 것이다. 이 시에서 앞서 나왔던 여인숙 소재를 다시 상기할 수 있다. 이미 「계획들」이란 산문시를 소개한 바 있지만, 계획만으로도 이미 충분한 시인이다. 혹자는 진짜 일시적으로 만난 연인들을 생각할 수도 있겠지만 보들레르가 사랑하는 여인과의 만남은 환영이다. 꿈에 본 사랑하는 여인의 이미지를 다양한 모델들을 통해 시로 형상화했을 뿐이다. 그래서 그 만남이 순간적이고 영원한 만남으로 그려진다.

파리의 꿈

RÊVE PARISIEN

콘스탄틴 가이스에게

I

어떤 사람도 보지 못했을,
이 끔찍한 풍경,
모호하고 아득한 이미지가
오늘 아침 여전히 나를 황홀하게 한다.

잠은 기적으로 가득 차 있다!
기이한 변덕으로,
나는 이 장면에서
불규칙한 식물들을 없애버렸다,

자기 재능에 만족하는 화가인
나는 내 그림에서
금속과 대리석 그리고 물이 만드는
중독성 있는 단조로움을 맛보고 있었다.

계단과 회랑으로 이루어진 **바벨탑**,
무광 또는 광택 나는 황금으로 떨어지는
수반과 폭포로 가득한
그것은 무한한 궁전이었다;

그리고 힘차게 떨어지는 폭포수는,
마치 수정 커튼처럼,
금속의 벽에,
눈부시도록 아름답게 걸려 있었다.

잠이 든 연못들은
나무가 아니라, 열주로 둘러싸여 있었다,
그곳에는 거대한 물의 요정들이,
마치 여인들처럼, 서로를 비추고 있었다.

장밋빛과 초록빛의 둑 사이로,
푸른 수면이 흘러나간다,
수백만 리에 걸쳐서,
세계의 끝을 향하여;

그것은 놀라운 보석들이며
마법의 물결이었다; 그것은
자신이 반사했던 모든 것들로
눈부시게 빛나는 거대한 거울들이었다!

창공에는 **갠지스강**이,
소리 없이 잔잔히 흘러,
다이아몬드의 심연 속에
그 항아리의 보물을 들어붓고 있었다.

내 요정의 나라의 건축가인,
나는 내 의지로,
보석으로 된 터널 아래로
길들인 대양을 흐르게 했다;

그리고 모든 것이, 검정색조차도,
윤나고 밝고, 무지갯빛이 아롱지는 것 같았다;
액체가 그 영광을
결정화된 광선에 새겨 넣었다.

자신의 독자적인 불[32]로 빛나는
이 기적들을 비추어주기 위해
하늘 아래쪽까지 살펴보아도.
어떤 별도, 어떤 태양의 유적들도 없었다!

그리고 이 움직이는 불가사의 위에

---

32 스스로 내는 불빛을 의미한다. 그러므로 하늘에 별이나 해나 달 등 빛을 내는 것이 아무것도 없었음을 강조하고 있다.

(끔찍한 새로움! 모두 눈을 위한 것이지
귀를 위한 것은 아무것도 없다!)
영원한 침묵이 감돌고 있었다.[33]

Ⅱ

불꽃으로 가득한 눈을 다시 떴을 때
나는 내 누추한 집의 공포를 보았다,
그리고 정신이 들면서
극한에 이른 저주받은 근심이 떠올랐다;

시계추는 음울한 억양으로
갑자기 정오를 알리고,
하늘은 마비된 슬픈 세상 위에
어둠을 들어붓고 있었다.

---

33 시인은 기적 같은 잠 속에서 본 무한의 궁전의 모습에 파리의 꿈을 연결시킨다. 꿈속 세계의 건축가인 시인은 보석 터널 속으로 길들인 대양을 흐르게 하며, 그것은 모두 자체 발광한다. 별이나 달, 태양빛에 반사되는 것이 아니라, 독자적인 빛으로 빛나는 대양, 그 액체가 결정화된 광선에 영광을 끼워 넣어 검정색조차도 밝고 윤나고 무지갯빛으로 빛난다. 그리고 귀를 위한 것은 없고 모두 눈을 위한 것이라고 한 것은 , 본 것만을 믿는다는 뜻이다.

아침의 여명

LE CRÉPUSCULE DU MATIN

기상나팔이 연병장에 울려 퍼졌다,
그리고 아침 바람이 가로등 위로 불고 있었다.

때는 악몽이 떼로 몰려들어
갈색 머리 청년들을 베개 위에서 뒤트는 시간이었다;
피 흐르는 눈이 요동치며 움직이는 듯,
램프가 대낮에 붉은 점을 만들고;
무겁고 거친 육체에 짓눌린 영혼이,
램프와 태양의 싸움을 흉내내는 시간이었다.
미풍이 닦아주는 눈물 젖은 얼굴처럼,
대기는 사라지는 것들의 전율로 가득하고,
남자는 글쓰기에 지치고 여자는 사랑하기에 지친다.

여기저기 집들에서 연기가 나기 시작했다.
납빛 눈꺼풀을 한 쾌락의 여인들은,
입을 벌리고 어리석은 잠에 빠져 있었고;
가난한 여인들은 야위고 싸늘한 가슴을 늘어뜨리고 다니면서,
깜부기불을 불어 일으키고 손가락을 호호 불어 녹이고 있었다.
때는 추위와 인색 가운데

해산하는 여인들의 고통이 심해지는 시간이었다;
끓어오르는 피거품에 끊기는 흐느낌처럼
닭 울음소리는 멀리서 안개 낀 대기를 찢었고;
건물들은 안개 바다에 잠기고,
양로원 구석에서 죽어가는 사람들은
마지막 헐떡거림을 불규칙한 딸꾹질로 밀어내고 있었다.
난봉꾼들은 밤일에 지쳐 집으로 돌아왔다.

장밋빛과 초록빛 옷을 입은 새벽 여명은 몸을 떨며
천천히 황량한 **센강** 위로 나아가고 있었고,
부지런한 늙은이, 어두운 **파리**는
눈을 비비면서, 연장을 움켜잡았다.

술

LE VIN

술의 혼

L'ÂME DU VIN

어느 날 저녁, 술의 혼이 병 속에서 노래했다:
"인간이여, 너를 향해 노래 부른다, 오 사랑하는 불우한 이여,
나의 유리 감옥과 진홍빛 밀랍 아래,
빛과 형제애로 가득한 노래를!

나는 안다, 내게 생명을 주고 혼을 불어넣기 위해
불꽃의 언덕 위에, 얼마나 많은 고통과 땀과
그리고 찌는 듯한 태양이 필요한지;
그러나 나는 악의가 있지도 배은망덕하지도 않으리라,

일하느라 지친 인간의 목구멍으로 떨어질 때,
나는 엄청난 기쁨을 느끼기에,
그리고 그의 뜨거운 가슴은 내 추운 지하실보다
훨씬 더 만족스럽고 다사로운 무덤이기에.

너는 들리는가, 주일 찬송의 후렴구가 울려퍼지고
팔딱이는 내 가슴에서 속삭이는 희망의 소리가?
팔꿈치를 탁자에 괴고 소매를 걷어 올리면서,
너는 내게 영광을 돌리고 만족하리라;

나는 기뻐하는 네 아내의 눈을 밝혀주고;
네 아들에게 힘과 혈색을 돌려주리라
그리고 인생을 달리는 이 허약한 선수를 위해
나는 전사들의 근육을 단단하게 해주는 기름이 되리라.

나는 식물성의 신들의 양식, 나는 항상 곁에 있는 **파종자**가 뿌려준
소중한 종자, 나는 너에게로 떨어지리라,
우리의 사랑으로부터 마치 희귀한 꽃처럼
신을 향해 터져나오는 시가 싹트도록!"[1]

1 항상 곁에 있는 파종자에 의해 뿌려진 소중한 종자가 술이라고 했으니 이는 썩어질 육체가 아니라 영원한 삶을 영위할 수 있는 영혼의 의미를 담고 있다고 할 수 있다. 그 영혼, 즉 술을 의인화해서 시인과 술 사이의 사랑이 희귀한 꽃처럼 시로 싹트기를 희망하는 시다.

넝마주이의 술

LE VIN DES CHIFFONNIERS

바람이 불꽃을 치고 유리를 괴롭히곤 하는
붉은 가로등 불빛 아래,
부글부글 발효되는 효모처럼 인간들이 우글거리는
진창의 미로, 오래된 성밖 변두리의 한복판,

사람들은 머리를 흔들고, 비트적거리면서,
시인처럼 벽에 몸을 부딪치고 다가오며,
그의 신하들이 밀정일 수도 있는 것에 대한 아무런 걱정 없이,
가슴에 품은 영광스러운 계획을 토로하는 넝마주이를 본다.[2]

그는 최상의 법칙들을 규정하고, 선서한다,
나쁜 놈들을 쓰러뜨리고, 희생자들을 다시 일으켜 세운다,
그리고 높은 왕좌 위에 닫집처럼 걸린 하늘 아래에서
찬란한 자신의 미덕에 취한다.

---

2 시인의 모습을 파리 성밖 변두리를 돌아다니며 쓰레기를 줍는 넝마주이의 모습에 비유했다. 마치 왕처럼 홀로 영광스러운 계획을 세우고 자신만의 미덕에 취한다. 나쁜 놈들을 쓰러뜨리고 희생자들을 다시 일으킨다면서 파리 시민들의 비참한 모습을 담아낸다. 술에 취해 전쟁에서 국민들에게는 영광을 가져오지만 정작 불쌍한 사람들은 침묵 속에 죽은, 저주받은 희생자들이다. 그래서 취한다는 것이 하찮은 인류를 통해 금이 되어 흐르게 하는 것을 이 시는 보여준다.

그래, 고달픈 살림살이에 들볶이고,
노동에 지치고, 세월에 고통 받은,
거대한 **파리**의 무질서한 구토물로 이룬,
많은 쓰레기 더미에 묻혀 기진맥진 등이 굽은 이 사람들은,

콧수염이 낡은 깃발처럼 늘어지고,
전쟁터에서 허옇게 센 동료들과 함께
술통 냄새 물씬 풍기며 집으로 돌아온다.
깃발들, 꽃들, 그리고 개선문들이

그들 앞에 선다, 찬란한 마술이여!
그리고 나팔, 태양, 고함 그리고 북소리가
귀를 멍하게 하고 빛나는 통음난무 속에서
그들은 사랑에 취한 민족에게 영광을 가져온다!

이렇게 하찮은 **인류**를 통해서
술은 빛나는 **팍톨로스강**[3]의 금이 되어 흐른다;
술은 인간의 목청을 통해 그들의 공훈을 노래하고
그들의 재능으로 진짜 왕들처럼 통치한다.

침묵 속에 죽은, 저주받은 이 모든 늙은이들의

---

3 팍톨로스강: 그리스 신화에서 미다스 왕이 무엇이든 황금으로 변하게 하는 손을 씻은 강으로, 이후 그 권능이 강물로 옮겨졌다고 한다. 실제로 사금 산지로 유명하다.

원한을 가라앉히고 무기력을 달래기 위해,

회한에 사로잡힌 신은 잠을 만들었었고;

인간은 **술**을 덧붙였다, **태양**의 이 성스러운 아들을![4]

4 원한을 가라앉히고 무기력을 달래기 위해서 신이 잠을 만들었다고 한다. 다시 말해서 잊게 한 것이다. 거기에 인간은 태양의 성스러운 아들, 술을 덧붙였다고 한다. 취한 상태가 불러온 결과는 영광과 황금을 가져오지만 또한 희생자를 낳았다. 여기서 사랑의 의미가 취하는 것임을 알 수 있다.

암살자의 술

LE VIN DE L'ASSASSIN

아내가 죽었다, 나는 자유다!
이제 맘껏 술을 마실 수 있다.
내가 돈 한푼 없이 돌아오면,
그녀는 소리소리 질러 내 신경을 찢곤 했었지.

나는 왕만큼이나 행복하다;
공기는 깨끗하고, 하늘은 경탄할 만하구나……
그녀와 사랑에 빠졌을 때도
이런 여름이었지!

나를 찢는 이 끔찍한 갈증이
충족되려면 그녀의 무덤을 채울 만큼의
술이 필요하리라;
－그 말로는 충분치 않다.

나는 우물 깊은 곳에 그녀를 던졌다,
그리고 그 위로 우물의 둘레돌들까지
몽땅 밀어 넣어버렸다.
－그렇게 할 수만 있다면 그녀를 잊고 싶다!

아무것도 우리를 묶은 인연을 풀 수 없다고
맹세한 애정의 이름으로,
우리가 취해 있던 좋은 시절처럼
우리 화해하자고,

저녁마다, 어두운 길에서,
만나자고 나는 그녀에게 애원했다.
그녀가 왔다! —미친 계집!
우리 모두 다소 미쳐 있긴 하지!

몹시 지쳐 있기는 했지만
아내는 여전히 어여뻤다! 그리고 나는,
나는 아내를 너무나 사랑했다! 그래서
그녀에게 말했다: 이 생에서 나가라![5]

아무도 이런 나를 이해할 수 없으리라.
어리석은 술꾼들 중, 단 한 사람은
그 병적인 밤에 술로 수의를
만들 생각을 했을까?

철로 만든 기계들처럼
끄떡도 하지 않는 이 방탕한 작자는

---

5 시인은 아내를 너무 사랑했기 때문에 생에서 나가라고 하고 그녀를 죽였다고 한다. 이는 현실에서 일어난 일이라고는 볼 수 없다. 시인이 사랑하는 그녀는 환영이고, 시인에게 삶은 지옥이다. 그러니 사랑하는 사람에게 이 생에서 나가라고 한 것이다.

여름에도 겨울에도, 결코
진정한 사랑 한번 해보지 못했겠지,

그의 흑마술과,
경고하는 끔찍한 행렬과,
독약 병들, 눈물,
해골들과 쇠사슬 소리로![6]

—나는 이제 자유롭고 고독하다!
오늘 밤엔 취해서 죽으련다!
그래서, 두려움도 회한도 없이,
땅바닥에 누우리라,

그리고 개처럼 잠을 자리라!
돌과 진흙을 싣고
묵직한 바퀴로 구르는 짐수레,
미쳐 날뛰는 화물차는

죄 지은 내 머리를 아주 박살 내거나
혹은 나를 반 토막 낼 수 있다,
나는 **악마**든 **영성체대**[7]든
신과 마찬가지로 비웃는다!

---

6 이 방탕한 자의 이미지는 산문시 「유혹들」에 나오는 사탄에게서 찾아볼 수 있다. 그가 시인의 마음을 이해하지 못하는 것은 진정한 사랑을 해보지 못했기 때문이다.

7 영성체대 : 가톨릭교회에서 영성체를 받는 장소. 원문은 Sainte Table.

고독자의 술

LE VIN DU SOLITAIRE

물결치는 달이 그 나른한 아름다움을 적시고 싶어서,
흔들리는 호수에게 보내는 하얀 달빛처럼
사랑을 드러내는 여인의 오묘한 시선은
슬그머니 우리에게 스며든다;

도박꾼의 손가락 사이 마지막 돈주머니;
야윈 **아델린**의 자유분방한 입맞춤;
먼 곳에서 고통 당하는 인간의 비명과도 흡사한,
짜증스럽고도 감미로운 음악 소리,

그 모든 것들도, 오 깊은 술병이여,
경건한 시인의 목마른 마음에는
네 풍요로운 볼록한 배가 간직한 짙은 향유보다 가치가 없다;

네가 시인에게 희망과 청춘과 인생을 들어부으면,
—이 모든 거지 생활의 보물인 자부심,
이것이 우리를 당당하게 하고 **신들**과 닮게 한다![8]

---

8 술은 고독한 시인에게 다른 무엇과도 바꿀 수 없는 소중한 가치를 지니고 있다. 술은 시인에게 희망, 청춘, 인생을 선물하고, 형편없는 거지처럼 살더라도 자부심을

연인들의 술

LE VIN DES AMANTS

오늘 공간은 찬란하다!
재갈도, 박차도, 고삐도 없이,
술에 올라타고 떠나자
신성하고 환상적으로 아름다운 하늘을 향해!

냉혹한 환각에 시달리는
두 천사처럼,
푸르고 투명한 아침에
머나먼 신기루를 따라가자!

지혜로운 회오리바람의
날개 위에서 부드럽게 몸을 좌우로 흔들며,
평행을 이루는 열광 속에,

나의 누이여, 나란히 헤엄치며,
휴식도 중단도 없이 달아나자
내 꿈의 낙원을 향하여!

갖고 마치 신처럼 당당할 수 있게 한다.

악의 꽃

FLEURS DU MAL

파괴

LA DESTRUCTION

내 옆구리에서 끊임없이 **악마**가 들썩거린다;
그는 내 주위에서 만져지지 않는 공기처럼 떠돈다;
그를 삼키면 내 폐는 불타올라
영원한 죄악의 욕망으로 가득 차는 듯하다.

이따금 그는 **예술**에 대한 나의 큰 사랑을 알기에,
여인들 중에서 가장 매력적인 여인의 모습을 취한다,
그리고, 독실한 신자인 척하는 허울 좋은 핑계로,
내 입술을 비열한 약에 익숙해지게 한다.

그는 이렇게 **신**의 시선에서 멀리,
깊고 황량한 **권태**의 벌판 한가운데로
지치고 깨져서 헐떡이는 나를 데리고 간다,

그리고 혼란스러운 내 눈 속에
땀에 젖은 옷가지와 벌어진 상처,
피로 물든 **파괴**의 도구를 던진다![1]

---

1 '영원한 죄악의 욕망', '여인', '신의 시선에서 멀리', '땀에 젖은 옷가지', '벌어진 상처' 등의 표현으로 보아 '피로 물든 파괴의 도구'는 물질적, 육체적 사랑을 뜻하는 것으로 보인다.

순교의 여인

UNE MARTYRE

이름없는 거장의 소묘

작은 병들, 금실 은실로 짠 천,
향락적인 가구들,
대리석, 그림, 사치스럽게 주름 잡혀 길게 끌리는
향기로운 옷가지들 가운데,

온실처럼 위험하고 치명적인 공기 감도는,
미적지근한 방에서,
시들어가는 꽃다발이 유리관 속에서
마지막 숨을 몰아쉰다,

머리 없는 시체는 살아 있는 붉은 피를,
목마른 베개 위에 마치 강물처럼 쏟아내고
베갯잇은 초원처럼
탐욕스럽게 그것을 빨아들인다.

어둠이 만들어서 우리의 눈을 묶어두는

창백한 환영과도 흡사한,
머리는, 귀한 보석들로 꾸며진
한 다발의 검은 머리채와 함께

머리맡 탁자 위에 마치 미나리아재비처럼,
놓여 있다; 그리고, 공허한 생각으로,
황혼처럼 희뿌옇고 모호한 시선은
놀라 뒤집힌 눈으로부터 달아난다.

침대 위에는, 거리낌 없이 벌거벗은 몸통이
가장 완벽한 자연스러움 속에
자연이 그에게 주었던 비밀스런 빛과
숙명적인 아름다움을 드러낸다;

금빛으로 가장자리를 두른 장밋빛 긴 양말이,
추억처럼 남아 있다;
양말대님은 타오르는 비밀스런 눈처럼,
빛나는 시선을 던진다.

무기력한 커다란 초상화와 그 고독의
기이한 모습은,
태도만큼이나 도발적인 눈에,
엉큼한 사랑을 드러낸다,

악마의 무리가 즐겼던
　　　　끔찍한 입맞춤으로 가득한
낯선 축제와 죄악의 쾌락은
　　　　커튼의 주름 사이로 떠다닌다;

그렇지만, 대조를 이룬 어깨의 윤곽이
　　　　우아하게 야윈 모습과,
성난 파충류처럼
　　　　살짝 뾰족한 엉덩이와 발랄한 허리를 보면,

그녀는 아직 아주 젊다! — 그녀의 분노한 영혼과
　　　　권태로 괴로운 감각은
방황하고 타락한 욕망에 목마른 무리에게
　　　　살짝 열려 있었던가?

그렇게나 사랑했음에도 불구하고, 살아생전
　　　　만족시켜줄 수 없었던 복수심 강한 남자가
네 기운 없고 너그러운 육체 위에서
　　　　엄청난 욕망을 채웠던가?

대답하라, 불순한 시체여 ! 그가 열에 들뜬 팔로
　　　　너의 뻣뻣한 땋은 머리채를 들어 올려,
네 차가운 이빨 위에 마지막 작별을 했었나?
　　　　끔찍한 머리여, 내게 말하라.

—비웃는 세상으로부터 멀리, 불순한 대중으로부터 멀리,
호기심 많은 행정 관리들로부터 멀리 떨어져,
고요히 잠들라, 고요히 잠들라, 낯선 피조물이여,
신비한 너의 무덤에서;

네 남편은 세상을 달린다, 그리고 네 불멸의 형태는
그가 잠이 들어도 그 곁에서 밤을 지샌다;
의심할 바 없이 그도 너만큼이나 충실하리라,
그리고 죽을 때까지 한결같으리라.[2]

2 역자는 이 시의 '순교의 여인'과 '남편'에 대해 앞에 나왔던 「축복」에 나오는 시인과 아내를 연상하며 읽었다. 그리고 그 두 사람을 설명하는 시인, 보들레르.

천벌 받은 여인들

FEMMES DAMNÉES

생각에 빠진 가축처럼 모래 위에 누운 여인들은
먼 바다 수평선 쪽으로 눈을 돌린다,
그리고 서로를 더듬는 발과 서로에게 다가가는 손마다
부드러운 무기력과 씁쓸한 전율이 있다.

긴 속내 이야기에 마음이 사로잡힌 어떤 여인들은,
시냇물이 재잘거리는 작은 숲 깊이 들어가서,
겁 많은 어린 시절 사랑했던 사람의 철자를 중얼거리며
어린 관목의 푸른 줄기에 새긴다;

또 다른 여인들은 성인 **앙투안** 눈앞에 그를 유혹하는
벌거벗은 자줏빛 가슴이 용암처럼 솟아났다는
유령들이 우글거리는 바위 사이를 가로질러,
수녀처럼 느릿느릿 무게 있게 걸어간다;

흘러내리는 송진에 반사되는 희미한 빛에,
오래된 이교도 동굴의 고요한 구덩이 속에서
열띤 울부짖음으로 그대에게 도움을 청하는 여인들이 있다,
오 옛날의 회한을 잠재우는 **바쿠스**여!

그리고 수녀복을 좋아하는 또 다른 여인들은,
그 긴 옷자락 아래 채찍을 숨겨두고,
어두운 숲속에서 고독한 밤마다,
고통의 눈물에 쾌락의 거품을 섞는다.

오 처녀들, 오 악마들, 오 괴물들, 오 순교자들이여,
현실을 경멸하는 위대한 정신의 소유자들,
무한의 추종자들, 독실한 신자들과 호색한들,
때로는 울부짖고, 때로는 오열하는 당신들,

내 영혼은 당신들의 지옥으로 쫓아갔었지,
가엾은 누이들이여, 나는 당신들을 불쌍히 여기는 만큼 사랑한다,
당신들의 음울한 고통, 채워지지 않는 갈증,
그리고 당신들의 큰 가슴 가득한 사랑의 항아리 때문에!

두 수녀[3]

LES DEUX BONNES SOEURS

난봉과 **죽음**은 사랑스러운 자매이다,
입맞춤을 아끼지 않고 건강이 넘치고,
언제나 처녀이고 누더기를 걸친 그 옆구리는
영원한 노고 아래 결코 아이를 낳지 않았다.

가족의 적, 지옥의 총아,
연금을 잘못 받은 궁정신하인, 음울한 시인에게,
무덤과 사창가는 그곳 소사나무 아래
회한이 결코 드나들지 못했던 잠자리를 보여준다.

그리고 신성모독으로 풍요로운 관과 규방은[4]
우리에게 차례로 마치 두 수녀처럼,
끔찍한 쾌락과 소름 끼치는 기쁨을 제공한다.

---

3 프랑스어로 'bonne soeur'는 수녀란 뜻이다. '언제나 처녀'이며 '결코 아이를 낳지 않았다'는 순결한 수녀에 비유하여 죽음과 난봉의 본질적인 의미를 보지 못한 채 남아 있다는 의미이다.

4 죽음과 난봉을 무덤과 사창가에, 관과 규방에 그리고 끔찍한 쾌락과 소름 끼치는 기쁨에 비유했다. 두 가지가 신성모독으로 풍요롭다는 것은 죽음과 난봉의 의미가 왜곡되었다는 의미이다. 그리고 쾌락과 기쁨이 끔찍하고 소름끼친다는 것은 진정한 쾌락, 기쁨을 주지 않는다는 의미이다.

너는 언제 나를 매장하고 싶은가, 팔이 더러운 **난봉**이여?
오 **죽음**이여, 난봉의 매력적인 경쟁자여,
언제 난봉의 불쾌한 도금양[5]에 네 검은 실편백[6]을 접붙이러 오려는가?[7]

5 도금양 : 지중해 연안에 자생하는 향기로운 상록관목. 애욕의 여신 아프로디테의 상징 식물이기도 하다.
6 실편백 : 고대인들이 묘지에 많이 심었던 나무. 슬픔, 죽음, 애도의 상징.
7 난봉이 곧 죽음과 연결된다는 의미로 파악할 수 있다.

피의 샘

LA FONTAINE DE SANG

이따금, 내 피가 물결쳐 흐르는 것 같다,
리듬에 맞춰 흐느끼는 샘물처럼.
길게 웅얼거리며 흐르는 소리는 잘 들리는데,
나는 상처를 찾으려고 헛되이 몸을 더듬는다.

결투장에서처럼, 내 피는 도시를 가로질러,
포석을 섬 모양으로 만들면서 흘러간다,
온갖 피조물들의 갈증을 풀어주고,
곳곳에서 자연을 붉게 물들이면서.[8]

엉큼한 술에게 단 하루라도 좋으니 나를 쇠약케 하는
공포를 잠재워달라고 몇 번이나 하소연했지만;
술을 마시면 눈은 더 밝아지고 귀는 더 예민해진다!

나는 사랑에서 망각의 잠을 찾았다;

---

8 이 두 연에서는 시인이 자연과 피조물을 관찰하며 그에 대한 사랑으로 시를 쓰는 노력과 열정을 피로 상징하였다.

그러나 내게 사랑은 이 잔혹한 소녀들이
마시도록 깔아놓은 바늘방석일 뿐이다![9]

9 시인의 '사랑'에 대한 개념을 잘 나타내는 표현이다.

우의

ALLÉGORIE

포도주에 머리카락이 빠져도 그냥 내버려두는
풍요로운 목선을 가진 아름다운 여인.
사랑의 발톱도 화류계의 독도
모두 그녀의 단단한 피부[10]에 미끄러지고 무뎌진다.
그녀는 **죽음**을 비웃고 **난봉**을 멸시한다,[11]
그 두 괴물은 언제나 손으로 할퀴고 베며 파괴적으로 놀지만,
이 단단하고 꼿꼿한 몸의 무서운 위엄을 존중했다.
그녀는 여신답게 걷고 왕비답게 쉰다;
쾌락에서는 마호메트의 신앙을 가지고 있고,
가슴이 채우고 있는 벌린 팔 안에,
그녀는 인간 종족을 눈으로 부른다.
생식력은 없지만 세상이 나아가는 데 필요한 이 처녀,
그녀는 믿고 있고, 알고 있다,
육체의 아름다움이야말로 그 어떤 비열한 행위에서도
용서받을 수 있는 최상의 선물이라는 것을.
그녀는 **연옥**처럼 **지옥**을 모른다,

10 피부가 단단해서 발톱이나 독으로도 상처를 낼 수 없다는 의미이다.
11 「두 수녀」의 주제였던 죽음과 난봉을 이 시의 아름다운 여인은 비웃는다.

그리고 어두운 **밤**으로 들어갈 시간이 올 때,
그녀는 **죽음**의 얼굴을 바라볼 것이다,
갓 태어난 아기처럼, 증오도 회한도 없이.[12]

12 이 시에서 시인은 그가 생각하는 여신의 모습을 완벽하게 그리고 있다. 시인의 이상적인 신앙의 모델 자체라고 볼 수 있다.

베아트리체

LA BÉATRICE

불에 타서, 푸르름도 없이, 재가 된 땅에서,
어느 날 내가 자연을 향해 불평을 터뜨리고 있었을 때,
그리고 우연히 정처 없이 헤매면서,
천천히 마음속으로 생각의 칼을 갈고 있었을 때,
폭풍우를 품은 음산한 먹구름이 한낮에,
호기심 많고 잔인한 난쟁이 비슷한
한 무리의 사악한 악마를 싣고,
내 머리 위로 내려오는 것을 보았다.
그들은 냉담하게 나를 관찰하기 시작했다,
그리고, 그들이 감탄하는 미친 사람을 보고 있는 행인들처럼,
많은 신호와 눈짓을 주고받으며
저희들끼리 웃고 속삭이는 소리를 나는 들었다:

—"느긋하게 이 풍자화를
그리고 그의 자세, 흐리멍덩한 시선과 바람에 날리는 머리칼을,
흉내내는 **햄릿**의 이 그림자를 살펴보세.
이 거지, 할 일 없는 어릿광대, 별난 사람,
즐거운 낙천주의자를 보노라니 아주 딱하지 않은가,
자기 역할을 예술적으로 해낸다고 생각하고,

독수리, 귀뚜라미, 개울 그리고 꽃 같은 것들이
그의 고난의 노래에 흥미를 가질 거라 생각하고,
이 구닥다리 술책의 장본인들인 우리에게조차
공공연한 긴 독백을 큰 소리로 떠들어대기까지 하다니?"

나는 (나의 자긍심은 산만큼 높아서
악마들의 외침과 구름을 내려다본다)
최고의 권한을 가진 내 머리를 쉽게 돌려 외면할 수 있었으리라,
만일 내가 그 음탕한 무리 가운데 태양을 흔들지
않았던 죄[13]를 보지 않았더라면!
그들과 함께 나의 참담한 슬픔을 비웃고,
이따금 그들에게 다소 더러운 애무를 흘렸던
비할 데 없는 눈을 가진 내 마음의 여왕을 보지 않았더라면.

---

13 음탕한 무리의 죄가 태양을 흔들고도 남을 정도인데도 태양을 흔들리게 하지 않았다, 즉 태양은 그대로 음탕한 무리의 죄를 묵인하고 있다는 의미이다. 시인의 마음 속 여왕조차 간혹 음탕한 무리에게 흔들렸던 것을 보았기 때문에 시인은 그것을 외면할 수 없었다.

키테라섬[14]으로의 여행

UN VOYAGE À CYTHÈRE

내 마음은, 새처럼, 몹시 기뻐 날아다녔고
동아줄 주변을 자유롭게 활공했다;
배는 마치 빛나는 태양에 취한 천사처럼,
구름 한 점 없는 하늘 아래 좌우로 흔들거렸다.

이 슬프고 검은 섬은 무엇인가? —이곳은 **키테라**섬이라고,
우리에게 말해주었다, 노래 속 유명한 고장,
모든 노총각들이 바라는 평범한 **엘도라도**.
보라, 결국, 이곳은 가난한 땅이다.

—감미로운 비밀과 마음의 축제의 섬!
고대 **비너스**의 찬란한 환영이
그대의 바다 위로 향료처럼 떠돌고,
사랑과 무기력으로 정신을 채운다.

푸른 도금양과 흐드러지게 핀 꽃들로,

---

14 키테라섬 : 그리스 남쪽의 작은 섬. 아프로디테(비너스)가 이 섬 앞바다에서 태어났다는 전설이 있다.

영원히 모든 나라로부터 숭배받는 아름다운 섬,
그곳에서 마음의 탄식은 열렬한 사랑으로
마치 장미정원 위에 감도는 향기처럼

혹은 산비둘기의 영원한 울음소리처럼 울린다!
—**키테라**는 가장 척박한 땅 중 하나에 불과했다,
신경질적인 외침으로 혼란스러워진 돌투성이 사막.
그렇지만 나는 기이한 물체를 얼핏 보았다!

그것은 꽃을 사랑하는 젊은 여사제가,
비밀스러운 열기에 몸이 달아올라,
일시적인 미풍에 옷자락이 살짝 열린 채 걸어갔던,
작은 숲 그늘 속 사원이 아니었다.

그러나 마침내 우리의 흰 돛에 새들이 놀랄 만큼
해안 가까이 붙어서 스쳐 지나갈 때,
그것이 실편백처럼 하늘에 시커멓게 솟아 있는
세 개의 가지로 된 교수대였다는 것을 알았다.

잔혹한 새들은 그들의 먹이 위에 올라앉아
제각각 그 피투성이 송장의 구석구석에,
그 불순한 부리를 도구 삼아 박으면서,
이미 부패한 사형수를 격렬하게 파괴하고 있었다;

눈은 두 개의 구멍이었다, 그리고 파헤쳐진 배에서는
이제 본인에게는 무거울 오장육부가 넓적다리 위로 흘러내렸다,
그리고 흉측한 진미로 배를 불린 형리들은,
부리를 써서 그를 완전히 거세했다.

발아래에는, 시기심 많은 네발 짐승의 무리가,
주둥이를 쳐들고, 빙빙 돌며 서성거리고 있었다;
그중 가장 큰 한 놈은 흥분해 있었다
마치 조수들에 둘러싸인 사형 집행인처럼.

몹시도 아름다운 하늘의 아이, **키테라**섬의 주민이여,
너의 불명예스러운 예배와
무덤마저 금했던 죄악을 씻으려고,[15]
너는 조용히 이 모욕들을 감내했다.

우스꽝스런 교수형에 처해진 자여, 너의 고통은 나의 것이다!
나는 너의 사지가 떠 있는 모습에,
예전의 고통이 담즙의 긴 강물이 되어
구토처럼 내 이빨 쪽으로 치솟는 것을 느꼈다;

무척이나 소중했던 추억 속 가련한 악마, 네 앞에서,

15 예수가 죽은 지 사흘 만에 무덤에서 부활한 사건을 죽은 자에게 무덤에서 편히 쉴 것도 금했다는 의미로 보았다.

그 옛날 내 살을 분쇄하기 좋아했던
검은 표범들과 찌르는 듯한 까마귀 떼의
모든 턱과 부리들을 느꼈다.

—하늘은 매혹적이었고, 바다는 잔잔했다;
그 이후 나에게는 모든 것이 시커멓고 피투성이였다,
아아! 그리고 나는, 두꺼운 수의를 입은 것처럼,
이 알레고리 속에 마음을 파묻었다.[16]

오 **비너스**여! 너의 섬에서 내가 발견한 것은
내 모습이 매달려 있던 상징적인 교수대뿐…[17]
—아! **주**여! 나에게 불쾌감 없이 내 몸과
마음을 응시할 수 있는 힘과 용기를 주소서!

---

16 예수가 십자가에 매달려 죽은 것은 자신을 '하나님의 아들', '죽은 자들 가운데 산 자'라고 말한 그에게 분노한 대중이 그를 신성모독죄로 몰았기 때문이다. 기독교에서는 하나님의 아들이 인류의 죄를 대신해서 죽었다고 해석한다. 그러나 예수가 인류를 대신하여 죽음으로써 인간의 모든 죄가 사라진 게 아니라, 인간이 자신들의 죄를 예수에게 덮어씌워서 죽음에 이르게 한 것이다. 예수를 보고 살라는 말은, 예수는 아무 죄 없이 태어났어도 억울하게 죽음을 당했는데, 날 때부터 죄인인 우리는 자신이 죄가 없다고 억울해하며 지레 죽지 말고 살아 있음에 감사하며 살라는 뜻으로 이해해야 한다. 성경에서 나오는 포도원의 비유는 선지자들의 억울했던 죽음과 하나님 아버지의 아들 예수의 죽음을 이해할 수 있는 비유다. 다시 말하지만, 예수의 죽음은 일반 대중들의 모든 죄를 대신해 죽어 죄로부터 모든 사람을 해방했다는 의미가 아니라, 선지자들과 억울한 사람들의 죽음을 막기 위해서라고 볼 수 있다.

17 가톨릭이 유대인의 종교를 로마의 문화로 받아들였다는 사실을 다시 확인할 수 있는 표현이다. 비너스의 이미지는 뒤에 나오는 「레스보스」에서도 확인할 수 있다.

사랑과 머리[18]

L'AMOUR ET LE CRÂNE

천장에 달린 낡은 장식물

사랑이 **인류**의
　　머리 위에 앉았다,
그리고 이 보좌 위에,
　　뻔뻔스럽게 웃는 속인이,

동글동글 공기방울 즐겁게 불어,
　　공중으로 올려보낸다
마치 대기의 깊은 곳에
　　세계를 연결시키기 위함인 듯.

반짝이는 약한 구체가
　　크게 도약하더니,
그 가냘픈 영혼을 터뜨리고 내뿜는다
　　마치 황금의 꿈처럼.

18　이 시는 속인의 가벼운 사랑의 개념이 우리의 머리를 사로잡고 우리의 영혼을 마치 공기방울처럼 가볍게 여기기에 사람들이 고통 속에 신음하는 모습을 그리고 있다.

나는 공기방울 하나하나에 들어 있는 머리가
　　　기도하고 신음하는 것을 듣는다:
—"이 우스꽝스럽고 잔혹한 놀이는,
　　　언제 끝날 것인가?

왜냐하면 네 잔혹한 입이
　　　공중에 흩뿌리는 것은,
괴물 암살자여, 그것은 나의 머리이며,
　　　나의 피이고 나의 살이기 때문이다!"

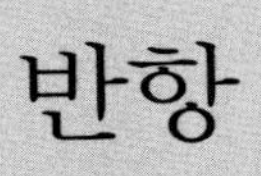

반항

RÉVOLTE

성 베드로의 부인

LE RENIEMENT DE SAINT PIERRE

날마다 그들의 소중한 **육익천사**[1]들을 향해 올라가는
이 저주받은 자들의 물결로 **신**은 무엇을 하는가?
고기와 술로 배부른 폭군처럼,
그는 우리가 하는 끔찍한 저주의 부드러운 소리에 잠이 든다.

순교자들과 교수형 당한 사람들의 흐느낌은
의심할 여지 없이 그를 열광하게 하는 교향악이다,
그들의 쾌락이 값을 치러 피를 흘렸는데도
하늘은 아직 조금도 만족하지 않았기에!

—아! **예수**여, 당신은 **감람동산**을 기억하는가!
천한 사형집행인들이 살아 있는 당신의 살에
못 박는 소리를 들으며 하늘에서 웃고 있었던 그에게,
순진하게도 당신은 무릎 꿇고 기도했다,

1 육익천사 : 천사의 9계급 중 제1위. 최고의 천사.

보초와 서투른 악당이
당신의 신성에 침을 뱉는 것을 보았을 때,
그리고 엄청난 인류가 살았던 당신의 두개골에
가시가 박히는 것을 느꼈을 때;

기진맥진한 당신 육체의 지독한 중압감이
두 팔을 길게 늘였을 때, 그리고 당신의 피와
땀이 창백해진 이마로부터 흘러내렸을 때,
당신이 마치 표적처럼 모든 이들 앞에 놓였을 때,

당신이 영원한 언약을 이루기 위해,
순한 암탕나귀에 올라앉아, 잔가지와 꽃들을
잔뜩 뿌린 길을 밟으며 왔던,
그토록 빛나고 아름다운 그날들을 꿈꾸었던가,

그날, 희망과 용기로 가슴이 크게 부풀어,
당신은 모든 천박한 장사꾼들을 차례로 후려쳤었다,
그날, 당신은 마침내 주님이 되었던가? 회한이 창보다
앞서 당신의 옆구리로 파고들지 않았는가?

—확실히, 나는 행동이 꿈의 누이가

아닌 세상에 만족해서 떠나리라;

아무쪼록 내가 칼을 휘둘러 그 칼에 죽을 수 있기를![2]

성 베드로는 **예수**를 부인했다… 그가 잘했지!

2 이 말은 우리의 행위대로 갚음을 받았으면 좋겠다는 것이다. 그런데 이 세상은 행동이 꿈을 따르는 세상이 아니라고 시인은 말한다. 다시 말해서 행위가 악해도 그 갚음을 받지 않는 세상이다. 그러니 시인 자신은 미련 없이 이 세상을 떠날 수 있다는 말이다.

아벨과 카인

ABEL ET CAÏN

I

아벨의 족속이여, 자고, 마시고 그리고 먹어라;
신은 홀로 만족해서 네게 미소를 짓는다.

카인의 족속이여, 진흙 속에
기어다니다가 비참하게 죽어라.

아벨의 족속이여, 너의 희생제물은
육익천사의 코를 즐겁게 한다!

카인의 족속이여, 너의 형벌은
언젠가 끝이 날까?

아벨의 족속이여, 네가 씨 뿌린 작물과
가축이 잘되는 것을 보라;

카인의 족속이여, 너의 뱃속은
늙은 개처럼 굶주려 울부짖는다.

아벨의 족속이여, 너의 배를
가장(家長)의 난롯불에 덥혀라;

카인의 족속이여, 너의 소굴에서
추위에 떨어라, 가엾은 재칼!

아벨의 족속이여, 사랑하고 번식하라!
너의 재산도 새끼를 친다.

카인의 족속이여, 불타는 마음,
그 거대한 욕망에 주의해라.

아벨의 족속이여, 너는 성장하고 그리고 뜯어 먹는다
마치 숲의 빈대들처럼!

카인의 족속이여, 곤경에 처한
네 가족을 길바닥으로 끌고 다녀라.

Ⅱ

아! **아벨**의 족속이여, 너의 시체는
연기 나는 땅을 기름지게 할 것이다!

카인의 족속이여, 너의 일은
아직도 이루어지지 않았다;

아벨의 족속이여, 여기 너의 수치가 있다:
쟁기가 창에게 정복되었으니![3]

카인의 족속이여, 하늘에 올라,
땅바닥으로 **신**을 던져라!

---

3 '쟁기'는 농사를 지은 아벨의 상징이고 '창'은 사냥을 한 카인의 상징이다. 원래 성경에서는 반대로 카인이 농사를 지었고, 아벨은 양치기였다. 그러나 죄를 짓고 난 후, 카인은 세상을 유리 방황하는 형벌을 받는다. 정착민과 유랑민의 차이로 보면 쟁기와 창을 이해할 수 있다.

악마의 호칭기도[4]

LES LITANIES DE SATAN

오 **천사**들 중 가장 아름답고 박식한 그대여,
찬양을 빼앗기고 운명에 배신당한 **신**이여,

오 **악마**여, 나의 오랜 비참을 불쌍히 여겨주소서!

오 추방된 **왕자**여, 사람들에게 해를 당하고,
패배했어도 늘 더욱 힘차게 다시 일어서는 그대여!

오 **악마**여, 나의 오랜 비참을 불쌍히 여겨주소서!

모든 것을 알고 있는 그대, 숨겨진 것들의 위대한 왕,
인간의 고뇌에 친밀한 치료자여,

오 **악마**여, 나의 오랜 비참을 불쌍히 여겨주소서!

문둥이들에게조차, 저주받은 천민에게조차

---

4 호칭기도(LITANIES) : 가톨릭의 기도 형태 중 하나. 일종의 탄원기도로서, 사제나 부제, 성가대 등이 선창하고 신자들이 응답하는 형태.

사랑으로 **낙원**의 취미를 가르쳐주는 그대여,

오 **악마**여, 나의 오랜 비참을 불쌍히 여겨주소서!

오 그대는 그대의 강한 옛 연인, **죽음**에게서
희망, ─ 매혹적인 미치광이 ─ 를 낳을지니![5]

오 **악마**여, 나의 오랜 비참을 불쌍히 여겨주소서!

처형대 주변에 몰려든 모든 대중을 영벌에 처하고,
평온하고 거만한 시선을 죄수에게 보내는 그대여,

오 **악마**여, 나의 오랜 비참을 불쌍히 여겨주소서!

오 질투심 많은 **신**이 인색한 땅의 어느 구석에
보석들을 숨겼는지 알고 있는 그대여,

오 **악마**여, 나의 오랜 비참을 불쌍히 여겨주소서!

수많은 금속이 파묻혀 잠들어 있는
깊숙한 병기 창고를 밝은 눈으로 알고 있는 그대여,

---

5 시인에게 죽음은 잠, 휴식, 새로운 세계로의 출발이다. 그러나 어떤 이에겐 자신의 아버지이자 아들인, 자신의 존재를 불멸, 영원한 삶으로 본다.

오 **악마**여, 나의 오랜 비참을 불쌍히 여겨주소서!

건물 가장자리에서 방황하는 몽유병자에게,
넓은 손으로 벼랑을 감추는 그대,

오 **악마**여, 나의 오랜 비참을 불쌍히 여겨주소서!

피하지 못한 말발굽에 짓밟혀 으깨진
술주정뱅이의 늙은 뼈를 마술처럼 부드럽게 해주는 그대여,

오 **악마**여, 나의 오랜 비참을 불쌍히 여겨주소서!

고통을 겪는 나약한 인간을 위로하고자
초석과 유황을 섞는 법[6]을 가르쳐준 그대여,

오 **악마**여, 나의 오랜 비참을 불쌍히 여겨주소서!

냉혹하고 저열한 **크로이소스**[7]의 이마에
그대의 표시를 해놓은 그대, 오 미묘한 공범이여,

오 **악마**여, 나의 오랜 비참을 불쌍히 여겨주소서!

---

6 초석과 유황을 섞는 법 : 화약 제조법.
7 크로이소스스(Croesus) : 리디아의 왕(재위 BC 560~BC 546). 거부로 유명하다.

소녀들의 눈과 마음에
상처에 대한 예찬과 누더기에 대한 사랑을 심어준 그대여,[8]

오 **악마**여, 나의 오랜 비참을 불쌍히 여겨주소서!

추방자들의 지팡이, 발명가들의 등불,
음모자들과 교수형을 받은 자들의 고해신부,

오 **악마**여, 나의 오랜 비참을 불쌍히 여겨주소서!

하느님 아버지가 어두운 분노로 지상의 낙원에서
쫓아낸 자들의 양아버지,

오 **악마**여, 나의 오랜 비참을 불쌍히 여겨주소서!

기도

영광과 찬양이 **악마**, 그대에게 있기를, 그대가 지배했던
하늘의 높은 곳에서 그리고 패배한 그대가
침묵 속 꿈을 꾸는 **지옥**의 심연 속에서!

8 소녀들의 마음에 사랑에 대한 잘못된 인식을 심어준 것이 악마라는 의미이다.

언젠가 내 영혼이, **지혜**의 **나무**[9] 아래, 그대 곁에서
쉴 수 있기를, 그대 이마에 마치 새로운 **사원**처럼
그 가지들이 퍼질 때에!

9 성경에 나오는 (선악을 아는) 지혜의 나무.

죽음

LA MORT

연인들의 죽음

LA MORT DES AMANTS

우리는 무덤처럼 깊숙한 긴 의자와,
더 아름다운 하늘 아래 우리를 위하여 피어난,
선반 위의 기이한 꽃들로 장식된
가벼운 향기 가득한 잠자리를 갖게 되리라.

우리 두 마음은 앞다투어 마지막 열기를 소모하면서,
쌍둥이 거울과도 같은 우리 둘의 정신에
이중의 빛을 반사할
두 개의 거대한 횃불일지니.

장밋빛과 신비한 푸른빛 어우러진 어느 저녁에,
작별인사로 가득 찬, 긴 흐느낌처럼,
우리는 유일한 빛을 주고받으리라;

그리고 나중에 한 **천사**가 문을 열어,
충실하고 즐거운 마음으로, 흐려진 거울과
죽은 불꽃들을 되살리러 오리라.

가난한 자들의 죽음

LA MORT DES PAUVRES

아! 위로하는 것도, 살아가게 하는 것도 **죽음**이다;
그것이 삶의 목표이자, 유일한 희망이다
그것은, 묘약처럼, 약효가 올라와 우리를 취하게 하고,
그리고 저녁까지 걸어갈 용기를 준다;

폭풍우가 몰아치고, 눈이 오고, 서리가 내려도,
그것은 우리의 새까만 수평선에서 울려 퍼지는 빛이다;
먹고, 자고, 앉아서 쉴 수 있는,
책에 기록된 유명한 여인숙이다;[1]

그것은 **천사**다 자력을 띤 손가락에
잠과 황홀한 꿈의 선물을 쥐고,
헐벗고 가난한 사람들의 잠자리를 다시 만든다;

그것은 신들의 영광, 신비한 곡식창고,
가난한 자의 지갑, 그리고 그의 옛 고향이다,
그것은 알 수 없는 **하늘**로 열린 회랑이다!

---

1 두 연인의 우연한 잠자리였던 여인숙의 이미지가 이 시에서는 가난한 사람들의 '죽음' 의 이미지로 나타난다.

예술가들의 죽음

LA MORT DES ARTISTES

몇 번이나 내 방울을 흔들고
수그린 네 이마에 입을 맞춰야 하는가, 음울한 풍자화여?
신비한 본질로 과녁을 맞추기 위하여, 오 나의 화살통이여,
얼마나 많은 투창을 잃어버려야 하는가?

우리는 치밀한 음모에 우리 영혼을 사용하리라,
그러면 묵직한 뼈대가 수도 없이 파괴되겠지,
끔찍한 욕망으로 우리를 마냥 흐느끼게 하는
위대한 **피조물**을 응시하기 전까지는!

그들의 **우상**을 결코 알지 못한 사람들이 있다,
그래서 가슴과 이마를 치면서 가는 천벌을 받고,
모욕의 낙인이 찍힌 이 조각가들은,

한 가지 희망만을 갖고 있다, 낯설고 어두운 **신전**![2]

---

2 원문에는 Capitole. 로마의 일곱 언덕의 하나인 카피톨리노 언덕을 말한다. 고대 로마의 가장 신성한 언덕으로 생각되었으며, 원래는 언덕 위에 있었던 유피테르 신전을 가리켰다.

그것은 **죽음**이, 새로운 태양처럼 떠오르면서,
그들의 두뇌로 꽃을 피우리라는 것이다![3]

---

3 죽음에 대한 공포가 삶 속에 많은 오류를 야기했다면, 「예술가들의 죽음」에서 죽음에 대한 새로운 조명이, 시인이 앞서 말하던 대로, 새로운 요람으로의 출발이라면 죽음은 더 이상 고통도 두려움도 아니고 우린 새로운 미래를 향해 우리의 삶을 더욱 의미 있게 발전시킬 수 있다는 것이다. 죽기는커녕 영혼이 꽃을 피운다는 것을 말하고 있다.

하루의 끝

LA FIN DE LA JOURNÉE

창백한 빛 아래
파렴치하고 소란스러운 **인생**은
달리고, 춤추고, 이유 없이 몸을 뒤튼다.
그래서, 관능적인 밤이

수평선 위로 떠오르자마자,
모든 것을, 굶주림조차도 누그러뜨리면서,
모든 것을, 수치심조차도 지워 없애면서,
시인은 중얼거린다: "마침내!

내 영혼은 내 등뼈만큼이나,
열렬하게 휴식을 간청한다;
마음은 불길한 꿈으로 가득해서,

나는 등을 대고 번듯이 누우러 가서
당신들의 휘장을 몸에 감으리라,
오 원기를 회복시키는 어둠이여!"[4]

---

4 삶에서 수치심도, 굶주림도 모두 잊게 하는 하루의 피로가 그 무엇보다 원하는 것은 휴식이다.

어느 호기심 많은 자의 꿈

LE RÊVE D'UN CURIEUX

F. N.에게

너는, 나처럼, 알고 있는가, 맛좋은 고통을,
그리고 너를 일러 "오! 기이한 사람!"이라고들 하는 것을,
―나는 죽어가고 있었다. 그것은 사랑에 빠진 내 영혼 안에서
공포가 섞인 욕망, 특별한 아픔이었다;

고뇌도, 강렬한 희망도, 반항기도 없이.
숙명의 모래시계가 비워져가면 갈수록,
나의 고통은 더욱 가혹해지고 감미로워졌다;
나의 온 마음은 익숙한 세계에서 벗어나고 있었다.

나는 사람들이 장애물을 미워하듯 막(幕)을 미워하면서
공연을 애타게 기다리는 어린아이 같았다,
마침내 냉혹한 진실이 드러났다:

아무 일도 없이 나는 죽었다, 그리고 끔찍한 여명이
나를 에워싸고 있었다. —어, 뭐야! 그런데 이것뿐이라고?
막은 올라가 있었고 그리고 나는 아직 기다리고 있었다.[5]

---

5 죽음이 삶의 단절이 아니라 지속임을 말해주는 시이다. 시인에게 죽음은 잠, 휴식, 새로운 요람으로의 출발 그리고 깨어 있는 상태로 영혼의 지속되는 삶을 의미한다. 원래 기독교 문화나 보편적인 문화권에서 죽음이 연옥이나 지옥을 의미했다면 시인에게는 우리가 지옥처럼 만들어 살고 있는 이곳이 곧 지옥이다.

여행

LE VOYAGE

막심 뒤 캉에게

I

지도와 판화를 사랑하는 어린아이에게,
세계는 그의 엄청난 식욕과도 같다.
아! 램프 불빛에 비치는 세계는 얼마나 큰가!
추억의 눈으로 보는 세계는 얼마나 작은가!

어느 날 아침 우리는 떠난다, 머리는 불꽃으로,
마음은 원한과 씁쓸한 욕망으로 가득한 채,
파도의 리듬을 따라서 간다,
우리의 무한을 유한한 바다로 달래며:

누군가는, 비열한 조국으로부터 달아나서 기쁘고,
또 누군가는, 고향에 대한 공포로부터 달아나서, 몇몇 사람들,
여인의 눈빛에 푹 빠져버린 점성술사들은,
위험한 향기를 뿜는 폭군 **키르케**[6]로부터 달아나 기쁘다.

---

6 키르케 : 그리스 신화에 나오는 마녀. 마법의 술과 지팡이로 사람들을 돼지로 만들

짐승으로 변하지 않기 위해, 그들은
공간과 빛과 타오르는 하늘에 취한다;
그들을 할퀴는 얼음에, 구릿빛으로 태우는 태양에,
입맞춤의 흔적이 천천히 지워진다.

그러나 진정한 여행자들은 단지 떠나기 위해
떠나는 사람들일 뿐 ; 통통 튀는 공처럼 가벼운 마음들,
그들은 결코 숙명에서 벗어나지 못한다,
그리고 이유도 모른 채 언제나 말한다: 가자!

그들의 욕망은 구름 모양이다,
신병이 대포를 꿈꾸듯,
그들은 변덕스럽고, 끝을 알 수 없는, 거대한 관능을 꿈꾼다,
인간 정신이 결코 그 이름을 알지 못했던 관능을!

Ⅱ

무시무시해라! 우리는 팽이와 공을 흉내 낸다,
잠자고 있을 때도 왈츠를 추고 튀어오르는 것에서,
호기심은 우리를 괴롭히고 굴린다,
잔인한 **천사**가 태양을 후려치듯이.

었다.

툭하면 목표가 변하는 기이한 운명은,
그런데, 아무 곳에도 없기에, 어디든 있을 수 있다!
인간은, 결코 지치지 않는 희망을 품고,
휴식을 찾아 언제나 광인처럼 달린다!

우리의 영혼은 **이카리아**[7]를 찾는 삼범선[8];
한 목소리는 갑판 위에서 울린다: "눈을 떠라!"
장루 위에서 미친 듯한 목소리가 울부짖는다:
"사랑… 영광… 행복!" 지옥이다! 그것은 암초다!

망꾼이 알려주는 모든 섬들은
운명이 약속하는 **엘도라도**[9];
요란한 연회를 준비했던 **상상력**이
아침 햇살에 찾아낸 건 암초뿐.

오 현실에 없는 나라를 사랑하는 불쌍한 자여!
족쇄를 채워야 하나, 바다에 던져버려야 하나,
그의 환영이 심연을 더 씁쓸하게 하는
이 술주정뱅이 뱃사람, **아메리카**의 발견자를?

---

7 이카리아 : 그리스의 섬. 그리스 신화에서 이카로스가 태양에 너무 가까이 날다가 날개를 붙인 밀랍이 녹아 바로 이 섬으로 떨어졌다고 한다.

8 삼범선(trois-mâts) : 돛대가 세 개인 범선.

9 엘도라도 : 남미에 있다고 하는 황금의 나라.

그 늙은 방랑자는 진흙탕에 발을 구르면서,
코를 치켜세우고, 빛나는 낙원을 꿈꾼다;
매혹된 그의 눈은 어디서나 **카푸아**[10]를 발견한다
촛불이 비추는 움막집에서도.

Ⅲ

놀라운 여행자들이여! 우리는 얼마나 고상한 이야기들을
바다처럼 깊은 당신들의 눈 속에서 읽어내는지!
당신들의 풍성한 기억의 보석상자를 보여다오,
별과 대기로 만들어진 그 불가사의한 보석들을.

우리는 증기도 돛도 없이 여행하고 싶다!
우리 감옥의 지루함을 달래기 위해,
수평선 액자에 끼운 화폭처럼 팽팽하게 당겨진
우리 영혼 위로 당신들의 추억들을 지나가게 하라.

말하라, 당신들은 무엇을 보았는가?

10 카푸아 : 이탈리아의 도시.

Ⅳ

"우리는 별들과
파도를 보았소; 또 사막도 보았소;
그리고, 충격적인 일도 많았고 뜻밖의 재난을 당하기는 했어도,
여기처럼 지루했던 적도 적지 않았소.

보랏빛 바다 위로 쏟아지는 태양의 영광과,
석양에 잠긴 도시의 영광은,
우리 마음속에서 매력적으로 반사되는 하늘에 잠기려는
불안한 열정에 불을 붙였소.

아무리 풍요로운 도시라 해도, 아무리 장엄한 풍경이라 해도,
우연이 구름과 함께 만들어낸 것들의
신비한 매력에는 결코 당할 수 없었소.
그리고 욕망은 언제나 우리를 근심에 빠뜨렸소!

—즐거움은 욕망에 힘을 붙인다.
욕망은, 쾌락을 거름으로 쓰는 늙은 나무,
네 껍질이 두꺼워지고 단단해지는 동안에,
네 가지들은 태양을 더 가까이에서 보고 싶어 하는구나!

실편백보다 더 강인한 거목이여,

너[11]는 여전히 자라날 것인가? —그렇지만 우리,
먼 곳에서 온 건 모두 아름답다고 생각하는 형제들은,
당신의 탐욕스런 사진첩을 위해 몇 장의 스케치를 정성껏 수집했다오!

우리는 높은 코의 우상들[12]에도;
반짝이는 보석으로 찬연히 빛나는 왕좌들에도;
은행가들에게는 그 환상적인 사치스러움이 파산의 꿈이 될
공들여 다듬은 궁전들에도 절을 했소;

눈에 황홀한 의상들에도;
이빨과 손톱을 물들인 여인들에게도,
그리고 뱀이 애무하는 숙련된 요술쟁이들에게도 절을 했소."

V

그리고, 그리고 또?

---

11 욕망.

12 「죽음의 춤」에서는 "코 없는 무희들"을 "저항할 수 없는 계집"이라고 했다. 자존심 없는 천박한 여자들이라는 의미이다. "높은 코의 우상들"은 그 반대의 의미로 보면 될 것 같다.

VI

"오 어린아이 같은 사람들이여!

중요한 것을 잊지 않기 위해서지만,
찾으려 하지 않아도, 도처에서 보았소,
숙명의 사다리 위로부터 아래까지,
불멸의 죄악으로 혐오스러워진 광경을:

천박한 노예, 오만하고 어리석은 여인은,
웃지도 않고 자신을 숭배하고, 불쾌감 없이 자신을 사랑하며;
탐욕스런 폭군, 음탕하고, 억세고 욕심 많은 남자는,
노예 중의 노예이고 하수구 속에 개울이오;

학살자는 즐기고, 순교자는 흐느껴 울고;
축제는 피로 양념을 치고 향을 돋우고;
권력의 독은 절대군주를 흥분시키고,
채찍은 사랑하는 국민을 어리석게 하오;

우리 것과 흡사한 여러 가지 종교들은,
모두 하늘을 기어오르고; **신성함**은,
까탈스런 자가 깃털 침대에서 뒹구는 것처럼,
못과 말총 속에서 관능을 찾는다오;

수다스러운 **인류**는, 자신의 재능에 취해서,
그리고, 옛날에 그랬듯이 지금도 미쳐서,
노기등등한 죽음의 고통 속에서 **신**에게 큰 소리로 외치는구나:
오 나와 닮은 이, 오 나의 주인, 나는 너를 저주한다!"

"그리고 가장 덜 어리석은 자들, **정신착란**을 사랑하는 대담한 자들은,
운명에 의해 우리 속에 갇힌 대중들로부터 벗어나
무한한 아편 속으로 도피하는구나!
—이것이 온 우주의 영원한 보고서라오."

Ⅶ

이것이 여행으로부터 끌어낸 씁쓸한 지식이다!
단조롭고 작은 세상은, 오늘도,
어제도, 내일도, 언제나, 우리에게 우리 모습을 보게 한다:
권태의 사막 가운데 공포의 오아시스!

떠나야 하나? 남아야 하나? 남을 수 있다면, 남아라;
필요하다면 떠나라. 누군가는 달리고, 또 누군가는 웅크린다
경계를 게을리하지 않는 불길한 적을 속이기 위해,
시간! 그것은, 아! 쉬지 않는 경주자들이다,

이 비열한 망투사를 피해 달아나기 위해서는;

기차도, 배도, 그 무엇으로도 부족한,
방랑하는 **유대인**처럼 그리고 사도들처럼,
보금자리를 떠나지 않고도 그를 죽일 수 있는 이들이 있다.

마침내 시간이 우리의 등 뒤에 발을 딛을 때,
우리는 희망을 품고 "앞으로!"라고 외칠 수 있을 것이다.
그 옛날 우리가 **중국**으로 떠났던 것처럼,
바다에 눈을 고정하고 그리고 바람에 머리카락을 날리면서,

우리는 **어둠**의 바다에 배를 띄우리라
젊은 나그네의 기쁜 마음으로.
들리는가, 매혹적이면서 음울하게 노래하는
이 목소리가: "이리로 오라! 향기로운 **로투스**를

먹고 싶어 하는 당신들! 여기가 바로
당신 마음이 굶주렸던 기적의 열매들을 수확하는 곳;
결코 끝나지 않는 이 오후에
낯선 달콤함에 취하러 오시겠어요?"

익숙한 그 어조에서 우리는 그가 유령임을 알아차렸다;
우리의 **필라데스**[13]들이 저기서 우리를 향하여 팔을 벌린다.

---

13 필라데스 : 그리스 신화에서 아가멤논의 아들 오레스테스의 친구. 오레스테스가 아버지의 원수를 갚고 복수의 여신들에게 쫓길 때 충실한 동반자가 되어준다.

예전에 우리가 무릎에 입맞췄던 그녀가 말한다.
"너의 마음을 식히기 위해 너의 **엘렉트라**[14]를 향해 헤엄을 쳐라!"

VIII

오 **죽음**, 늙은 선장이여, 시간이 되었다! 닻을 올리자!
우린 이 고장이 지루하다, 오 **죽음**이여! 출항을 준비하자!
하늘과 바다가 잉크처럼 검다면,
네가 아는 우리의 마음은 빛으로 가득 차 있다!

우리의 기운을 돋구기 위해 너의 독을 부어다오!
이 불이 우리의 머리를 태우는 만큼, 우리는
심연의 깊은 곳에 잠기고 싶다, **지옥**이든 **하늘**이든, 뭐가 중요한가?
미지의 깊은 곳에서 새로운 것을 찾기 위해서라면![15]

---

14 엘렉트라 : 오레스테스의 누나.
15 시인은 권태의 사막과도 같은 이곳을 떠나 새로움을 찾기 위해 죽음을 두려워 않고 떠난다.

악의 꽃

(1868년, 세 번째 출판본에 실린 시들)

LES FLEURS DU MAL

선고받은 책을 위한 제사(題詞)
ÉPIGRAPHE POUR UN LIVRE CONDAMNÉ

평화롭고 목가적인 독자여,
절도 있고 순수한 선한 사람이여,
서글프고 소란스러운 술판 같고
우울한 이 책을 던져버려라.

교활한 학장, **사탄**에게서,
수사학을 배우지 못했다면
던져버려라! 너는 이 책에서 아무것도 이해하지 못하리라
아니면 내가 신경질적이라고 여기리라.

그러나 만일, 자신이 매혹되도록 내버려두지 않고,
네 눈이 심연 속에 잠길 줄 안다면,
나를 사랑하는 것을 배우기 위해 나를 읽어다오;[1]

고통스러워하는 호기심 많은 영혼이여
너의 낙원을 찾으러 가라,
나를 불쌍히 여겨다오!… 그렇지 않으면, 내가 너를 저주한다!

---

1 시인은 독자에게 삶에 빠져 살도록 자신을 방치하지 말고 세상을 바라보면서 시인이 본 것과 같은 심연 속에 눈이 잠길 줄 안다면, 시인을 사랑하는 것을 배우기 위해서라도 이 책을 읽어달라고 당부한다.

슬픈 연가

MADRIGAL TRISTE

I

네가 지혜롭다 한들 내게 뭐가 중요한가?
아름다워라! 그리고 슬퍼해라! 눈물은
마치 풍경 속 강물처럼,
얼굴에 매력을 덧붙이고;
뇌우는 꽃들을 젊게 한다.

나는 너를 사랑한다 특히 기쁨이
쓰러진 네 이마로부터 달아날 때;
네 마음이 공포에 잠길 때;
예전의 몹시도 심술궂은 구름이
너의 현재 위에 펼쳐질 때.

나는 너를 사랑한다 너의 커다란 눈에
피처럼 따듯한 눈물이 흐를 때;
내가 너를 어루만져 재우는데도,
너무나도 무거운 너의 고뇌가
죽어가는 자가 헐떡이는 것처럼 뚫고 나올 때.

나는 열망한다, 신성한 관능을!
감미롭고, 심오한 찬가를!
네 가슴의 모든 흐느낌을,
그리고 네 마음은 네 눈에서 흘러내리는
진주로 빛나고 있음을 믿어 의심치 않는다![2]

Ⅱ

나는 알고 있다, 뿌리 뽑힌 옛사랑으로
가득한 너의 마음이
대장간처럼 아직도 타오르는 것을,
그리고 네가 가슴속에 천벌 받은
사람들에 대해 약간의 자부심을 은밀히 품고 있다는 것을;

그러나 내 사랑, 너의 꿈들이
지옥을 비추지 못하는 만큼,
그리고 끊임없는 악몽에 시달리며
노예 상태와 분(粉)에 마음이 팔려서,
독약과 검을 꿈꾸고,

---

2 시인은 사랑하는 여인이 고통과 슬픔에 잠겨 있을 때 더욱 아름답고 그 마음은 흘린 눈물들로 빛나는 것을 확신하고 있다. 다른 시들에서도 시인은 고통만이 우리를 정화하고 아름답게 한다고 고통을 주시는 신께 영광과 찬양을 올린다. "축복", "뜻밖의 일" 참고.

도처에서 불행을 간파하면서,
모든 이들에게 두려움만으로 마음이 열리고,
시간이 되었을 때, 너는 경련을 일으키며,
저항할 수 없는 **불쾌감**으로
포옹을 느끼지 못할 것이니,[3]

두려움으로만 나를 사랑하는 노예 여왕,
너는 병적인 밤의 공포 속에
영혼 가득한 외침으로 내게
말할 수 없으리라:
"나도 너와 같다, 오 나의 **왕**이여!"[4]

---

3 시인은 「피의 샘」에서 사랑에서 망각의 잠도 찾았지만, 또한 사랑은 잔혹한 소녀들이 마시도록 깔아놓은 바늘방석이라고도 했다. 그러니 이 시의 연인은 곳곳에서 사랑으로 인한 불행을 보게 되니 두려움으로만 마음이 열리고 마침내 사랑의 시간이 찾아왔을 때, 사랑을 느낄 수 없게 되리라고 한다. 그래서 두려움으로만 시인을 사랑하는 여인은 '노예 여왕'이며 '왕'이라 부르는 시인과 자신이 동일한데도 불구하고 같다고 하지 못하리라고 한다.

4 「연인들의 죽음」에서 두 연인의 정신이 "쌍둥이 거울"로 묘사되었던 것을 기억하라.

어느 이교도의 기도

LA PRIÈRE D'UN PAÏEN

아! 너의 불꽃을 스러지게 하지 말라;
마비된 내 마음을 다시 덥혀다오,
관능이여, 영혼을 괴롭혀라!
여신이여! 내 소원을 들어주소서!

대기 중에 널리 퍼진 여신,
우리의 지하도 속의 불꽃이여!
낭랑한 노래를 너에게 바치는
절망한 영혼의 소원을 들어다오.

관능이여, 언제나 나의 여왕이어라!
살과 비로도로 만든
반인반어의 가면을 쓰라,

아니면, 무형의 신비한 포도주에 깃든
무거운 너의 잠을 내게 부어다오,
관능, 유연한 유령이여!

반역자

LE REBELLE

격노한 **천사**가 하늘로부터 독수리처럼 덤벼들어,
이교도의 머리털을 한주먹 움켜쥐고,
그를 흔들면서 말한다: "너는 규율을 알게 되리라!
(내가 네 수호**천사**니까, 알겠지?) 내가 그러길 바란다!

가난한 자도, 악인도, 비뚤어진 자도, 얼간이도,
인상 찌푸리지 말고 사랑해야 한다는 것을 명심하라,
예수가 지나갈 때, 네 자비심으로
그에게 승리의 카펫을 깔아드리기 위하여.

그것이 **사랑**이다! 네 마음이 둔감해지기 전에,
신의 영광에 너의 법열을 불태워라;
그것이 끊임없이 매력적인 진정한 **관능**이다!"

그리고 그 **천사**는, 물론! 사랑하는 만큼 처벌하면서,

큰 주먹으로 파문 받은 사람을 고문한다;

그러나 천벌 받는 자는 여전히 대답한다: "나는 원하지 않아!"[5]

5 성경의 내용을 한 편의 시로 요약한 듯한 작품이다. 구약에서는 율법을 지켜야 함을 강조하고, 예수 이후에 씌어진 신약은 누구든지 평등하게 사랑해야 한다고 강조한다. 천사가 죄를 지은 자를 처벌하는 것도 그를 사랑하기 때문인데, 죄인은 그것을 원하지 않는다. 즉 그는 반역자다. 시인은 「축복」에서 "하나님께서 주시는 고통은 불순한 우리에게 신성한 약"이고, "성스러운 관능에 대비하게 하는 가장 훌륭하고 가장 순수한 본질"과 같다고 했다. 그런데 고통을 거절하는 것은 곧 신이 원하는 인간이 되기를 거절하는 것이다.

경고자

L'AVERTISSEUR

이 이름을 받을 자격이 있는 이들은 모두
보좌 위에 앉은 듯 또아리를 틀고
"나는 원해!"라고 말한다면, "안 돼!"라고 대답하는
노란 **뱀** 한 마리를 마음속에 가지고 있다,

숲의 요정이나 **물의 요정**의,
움직이지 않는 시선 속에 네 눈을 잠기게 하려 하면,
이빨은 말한다: "네 의무를 생각하라!"

아이를 낳고, 나무를 심고,
시구를 다듬고, 대리석을 조각하려 하면,
이빨은 말한다: "오늘 저녁에 너는 살아 있을까?"

어떤 밑그림을 그리든 무엇을 기대하든 간에,
견딜 수 없는 **살모사**의
경고를 받아들이지 않고는
인간은 한순간도 살지 못한다.

명상

RECUEILLEMENT

오 나의 **고통**이여, 얌전히, 그리고 조용히 좀 있어라.
너는 **저녁**이 되길 바랐고; 저녁이 내려오고; 이제 저녁이다:
누군가에게는 평화를, 또 다른 누군가에게는 근심을 가져오면서,
어두운 분위기가 도시를 둘러싼다.

천박한 인간들 대다수가,
인정사정없는 이 학살자, **쾌락**의 채찍 아래,
맹목적인 축제에서 회한을 거두러 가는 동안에,
나의 **고통**이여, 내게 손을 다오; 이리로 오라,

그들로부터 멀리, 사라진 **세월들**이 낡아빠진 옷을 입고;
하늘의 발코니 위로, 기우는 것을 보라,
물의 깊은 곳으로부터 **회한**이 미소 지으며 솟아오르는 것을 보라;

다 죽어가는 **태양**이 아치 아래로 잠드는 것을 보라,
그리고, 마치 **동방**까지 끌리는 긴 수의처럼,
들어보라, 내 사랑, 부드러운 **밤**이 걷는 소리를 들어보라.[6]

---

6 대다수의 천박한 사람들이 쾌락의 채찍 아래 회한을 거두는 동안에 시인은 태양보다는 밤을, 맹목적인 축제보다는 오히려 고통을 선택했음을 보여준다.

뚜껑

LE COUVERCLE

그가 어디를 가든지, 혹은 바다든지 혹은 땅이든지,
불같은 기후 아래서든 혹은 하얀 태양 아래서든,
예수의 시종이든, **키테라**섬의 추종자이든,
침울한 거지든 혹은 번쩍거리는 **크로이소스**이든,

도시 사람이든, 시골 사람이든, 방랑자든, 정착민이든,
작은 뇌가 활동적이든 느리든 간에,
곳곳에서 인간은 신비를 두려워하기에,
떨리는 눈으로만 위쪽을 쳐다볼 뿐이다.

위에는, **하늘**! 숨이 막히는 지하묘지의 이 벽은,
어릿광대가 저마다 피로 젖은 바닥을 밟아 뭉개는,
익살스런 희가극을 위해 조명이 켜진 천장이다;[7]

자유사상가에겐 공포고, 미친 도사에겐 희망인;[8]

---

7 세상 자체가 어릿광대가 풍자하는 무대와 같아서 그들이 밟은 자리가 피에 젖었다.

8 짓누르는 뚜껑과도 같은 하늘의 이미지는 '피의 목욕'이 가져온 결과다. 문화의 차이가 사람들에게 상반된 이미지를 주었다. "예수의 시종"이나 "키테라섬의 추종자", "자유사상가에게는 공포", "미친 도사에게는 희망" 처럼.

하늘! 지각되지 않는 그리고 무수한 **인류**가 끓고 있는
거대한 냄비의 검은 뚜껑이여.

모욕당한 달

LA LUNE OFFENSÉE

우리 아버지들이 조심스럽게 숭배했던 **달**,
푸른 나라 높은 곳의, 빛나는 궁궐,
별들이 맵시 있게 치장하고 너를 따르는
내 오랜 친구 **킨티아**,[9] 우리 소굴의 등불이여,

너는 연인들이 복되고 초라한 침대에서 잠들 때,
그들의 입에 울긋불긋 선명한 빛이 비치는 것을 보는가?
시인이 일거리에 이마를 찧고 있는 것을 보는가?
혹은 마른 잔디 아래로 살모사들이 짝짓는 것을 보는가?

너는 노란 법의 아래, 은밀한 발로,
옛날처럼, 저녁부터 아침까지,
퇴색하고 우아한 **히아신스**에 입맞추러 가는가?

—"빈곤해진 이 시대의 아이야, 나는 네 어미를 보고 있다,

9 킨티아 : 그리스 신화에서 달의 여신 아르테미스의 별칭. 아르테미스의 성지인 킨토스산에서 유래한 이름이다.

묵직한 세월의 무게를 자신의 거울 쪽으로 기울이고,
너를 키운 가슴에 능숙하게 회반죽을 바르는 네 어미를!"[10]

10 시대적인 상황을 달에 비유하면서 역시 이 시대 이전의 어머니 시대를 생각한다. 가슴에 회반죽을 바르면 더 이상 자녀를 키울 수 없다. 아무리 능숙하게 바른다 해도 자녀를 키우는 가슴을 모욕하는 행동이다.

심연

LE GOUFFRE

파스칼은 늘 그와 함께 움직이는 심연을 가지고 있었다,
—아아! 모두 심연이다, —행동도, 욕망도, 꿈도,
말도! 그리고 **두려워서** 여러 번씩 바짝 곤두서는
내 털 위로 나는 바람이 지나가는 것을 느낀다.

위에, 아래에, 도처에, 깊은 구렁에, 모래톱에,
조용하고, 끔찍하고 그리고 마음을 사로잡는 공간에…
나의 밤 깊은 곳 위에 **신**은 능숙한 손가락으로
끊임없이 그리고 다양한 형태의 악몽을 그린다.

나는 잠이 두렵다 사람들이 큰 구멍을 두려워하는 것처럼,
어딘지 모를 곳으로 끌어가기에, 모호한 공포로 가득해져서;
창문이란 창문마다 무한밖에 보이지 않는다,

그리고 나의 정신은, 여전히 빈번한 현기증으로,
허무의 냉담함을 질투한다.
—아! **수**와 **존재**로부터 결코 나갈 수가 없는가![11]

---

11 수와 존재로부터 나가고 싶다는 것은 이 세상에서 나가고 싶다는 의미이다. 죽음이

이카로스의 탄식

LES PLAINTES D'UN ICARE

매춘부의 애인들은
행복하고, 생기 넘치고, 배가 부르다;
나로 말하자면, 구름을 껴안으려다가
팔이 부러졌다.[12]

타버린 내 눈에
보이는 건 태양의 추억뿐,
그건 하늘 아주 깊은 곳에서 빛나는
비할 데 없는 별들 덕분이다.

나는 헛되이 공간의
끝과 한복판을 찾으려 했다;
내가 알지 못하는 어떤 불의 눈 아래
내 날개가 부러지는 것을 느낀다;

그리고 아름다움에 대한 사랑으로 타버렸기에,

단순한 죽음이 아니라 잠이고 새로운 요람으로의 출발이라면, 이 영속적인 삶으로부터 영원히 탈출하고 싶은 시인의 마음을 읽을 수 있다.

12 시인이 꿈을 사랑한 연인이라는 것을 단적으로 묘사하고 있다.

나는 내 무덤으로 쓰일 심연에
내 이름을 주는 숭고한 영광을
누리진 못하리라.

자정의 성찰[13]

L'EXAMEN DE MINUIT

괘종시계가 자정을 치면서,
아이러니하게도 우리는 달아나는
날들을 어떻게 사용했는지
상기하지 않을 수 없다;
-오늘은 운명을 예고하는 날인,
13일의 금요일, 우리는
우리가 아는 모든 것에도 불구하고,
이교도의 페이스메이커 노릇을 했다.

우리는 **신들** 중에서
가장 이론의 여지 없는 **예수**를 저주했다!
몇몇 괴물 같은 **크로이소스**의
식탁에 앉은 기식자처럼
짐승의 환심을 사기 위해 우리는
악마에게 잘 어울리는 신하[14]를 취했고,
우리가 사랑하는 것을 모욕했고

---

13 이 시는 앞선 시들에서 살펴보았듯이 '피의목욕' 으로 인한 상태를 밤으로 묘사하면서 그 내용을 그리고 있다.

14 이 단어는 원문에서 여성형 vassale이다. 그러므로 이 신하는 여성이다.

그리고 불쾌감을 일으키는 것에 아첨했다;

맹신적인 사형집행인인,
부당하게 경멸받은 약자를 몹시 슬프게 했다[15];
엄청난 **어리석음**, 황소의 이마를 가진
어리석음에 절을 했다;
대단한 신앙심으로
멍청한 **물질**에 입을 맞췄고,[16]
그리고 부패에서 뿜어지는
창백한 불빛을 축복했다.[17]

마침내, 침울한 것들로부터
도취를 펼치는 것을 영광으로 삼는,
칠현금의 오만한 사제[18]인 우리는,
망상 속에 현기증을
잠기게 하기 위하여,
목마르지 않아도 마셨고, 배고프지 않아도 먹었다!
—빨리 불을 끕시다,
어둠 속에 우리를 감추기 위해!

---

15 이 상반된 이미지를 우리는 「악마의 호칭기도」에서 예수와 악마의 모습이 겹쳐지는 데서 확인할 수 있다.

16 예수를 믿으면 부자가 된다.

17 회개만 하면 죄사함을 받는다. 우리는 이것을 「독자에게」에서 확인할 수 있다.

18 시인과 같은 사제를 일컫는다.

여기서 아주 멀리

BIEN LOIN D'ICI

여기는 성스러운 오두막집.
조용히 그리고 언제나 마음의 준비가 되어 있는,
곱디곱게 꾸민 소녀가,

한 손으로 가슴을 부채질하면서,
등받이 방석에 팔꿈치를 얹고,
수반에서 떨어지는 물소리를 듣는다:

이것은 **도로테**의 방이다.
—미풍과 물이 멀리서 노래한다,
귀에 거슬리는 흐느낌처럼
이 응석받이 아이를 재우기 위해.

머리부터 발끝까지, 엄청난 정성을 들여,
그녀의 섬세한 피부에
향기로운 기름과 안식향을 발라놓았다.
—꽃들은 한구석에서 혼절한다.[19]

---

19 도로테의 오두막은 성스러운 집이라 아무도 침범할 수 없다. 그 집에 도로테가 모든 준비를 마치고 향으로 단장하고, 신랑을 기다리는 신부처럼 조용히 무언가를 기다리고 있다. 이 시는 산문시 「아름다운 도로테」와 함께 읽으면 이해하기 쉽다.

〈롤라 드 발랑스〉, 마네(370쪽)

표류물

LES ÉPAVES

〈감옥에 갇힌 타소〉, 들라크루아(371쪽)

낭만적인 일몰

LE COUCHER DU SOLEIL ROMANTIQUE

태양이 상쾌하게 솟아오를 때, 얼마나 아름다운지,
마치 폭발이 우리에게 아침 인사를 던지는 것 같구나!
—꿈보다 더 영광스러운 그의 취침에
사랑으로 인사할 수 있는 사람은 몹시 행복하여라!

나는 기억한다!… 모든 것이, 꽃도, 샘도, 밭고랑도,
마치 팔딱이는 심장처럼 그의 눈 아래 혼절하는 것을 보았다…
—수평선으로 달려가자, 늦었다, 빨리 달리자,
그나마 비스듬한 한 줄기 광선을 잡기 위하여!

그러나 나는 헛되이 물러나는 **신**을 뒤쫓는다;
저항할 수 없는 **밤**은 그 제국을 세운다,
검고, 축축하고, 음울하고 그리고 전율로 가득한;

어둠 속에 무덤의 냄새가 떠다니고,
소심한 내 발은 늪지 기슭에서,
뜻밖의 두꺼비들과 차가운 달팽이들을 짓밟는다.

『악의 꽃』에서 삭제된 유죄선고를 받은 시들

PIÈCES CONDAMNÉES TIRÉES DES FLEURS DU MAL

레스보스[1]

LESBOS

라틴의 유희와 그리스의 관능의 어머니,[2]
레스보스, 거기서는 노곤하거나 즐거운,
태양처럼 따듯하고, 수박처럼 시원한 입맞춤이,
영광스러운 낮과 밤의 장식을 만든다;[3]
라틴의 유희와 그리스 관능의 어머니,

레스보스, 거기서 입맞춤은 폭포와 같다
바닥 없는 심연으로 두려움 없이 몸을 던지고,
흐느껴 울다가 킥킥 웃다가 내달린다,
소란스럽고 비밀스럽게, 득시글거리고 오묘하게!
레스보스, 거기서 입맞춤은 폭포와 같다!

---

1 레스보스는 그리스의 여류시인 사포가 살았던 섬으로 여성 동성애의 기원이 되었지만, 이 시에서 표현되는 레스보스는 뒤에 오는 「천벌받은 여인들」과는 확연히 구분된다. 시인은 비유를 들어서 시를 쓴다. 이 시에 나오는 프리네들이 하는 사랑은 죄악과 육체적 쾌락의 사랑이 배제된, 자신이 있는 자리에서 나누는 입맞춤의 사랑이다. 태양이 수박을 성숙시키는 것처럼.

2 라틴의 유희와 그리스의 관능의 어머니라고 한 것은, 고대 라틴(로마)와 그리스 이전에 존재했다는 의미이다.

3 여기에서 입맞춤, 사랑이 서로를 섞어서 부패시키거나 뜨거움이 상대를 뜨겁게 하는 것이 아니라 자체로서 본연의 모습으로 성숙시키고 시원하게 해서 최상의 상태를 갖게 하는 것을 볼 수 있다. 이것이 시인이 꿈꾸는 밤과 영광스러운 날의 모습이다.

레스보스, 거기서 **프리네**[4]**들**은 서로 끌어당긴다,

거기서 결코 한숨도 메아리가 없이 남지 않았다,

파포스[5]와 동일하게 별들이 너에게 감탄한다,

그리고 **비너스**[6]는 정당하게 **사포**를 질투할 수 있다!

레스보스, 거기서 **프리네들**은 서로 끌어당긴다,

레스보스, 따뜻하고 무기력한 밤의 땅,

레스보스는 밤의 거울에, 불모의 관능을 만든다!

움푹 파인 눈의 소녀들은, 사랑에 빠진 그들의 몸으로'

혼인 적령기의 성숙한 열매를 애무한다;[7]

레스보스, 따뜻하고 무기력한 밤의 땅,

늙은 **플라톤**이 근엄한 눈을 찌푸리더라도 내버려두라;

부드러운 제국의 여왕, 사랑스럽고 고상한 땅이여,

과도한 입맞춤으로부터, 결코 마르지 않는 정묘함으로부터

너는 너의 용서를 끌어낸다.

늙은 **플라톤**이 근엄한 눈을 찌푸리더라도 내버려두라;

---

4 프리네 : 원래는 아름답기로 유명했던 아테네의 고급 창부의 이름. 고대 그리스에서 창부는 몸을 파는 여자가 아니라 상류층과 교류하는 지성과 교양을 갖춘 직업인이었다. 프리네는 신성모독죄로 재판을 받던 중 그 미모를 드러내어 재판장들의 감탄을 자아내고 무죄를 선고받았다. 이 시에서는 레스보스에 살았던 여인들을 프리네에 비유했다.

5 파포스 : 키프로스섬의 옛 도시. 아프로디테(비너스)의 신전이 있었다.

6 비너스 : 사랑과 미의 여신 아프로디테의 영어식 이름.

7 청춘의 사랑을 밤의 거울에 비춰 자신들을 사랑하는 프리네들이다.

영원한 순교로부터 너는 너의 용서를 끌어낸다,
우리로부터 멀리 떨어진 또 다른 하늘가에서,
어렴풋이 힐끗 보이는 찬란한 미소는 끌어당기고,
야심찬 마음에 쉬지 않고 고통을 준다!
영원한 순교로부터 너는 너의 용서를 끌어낸다,

어느 **신**이 감히, **레스보스**여, 네 판관이 되겠는가
그리고 작업으로 창백한 네 이마에 죄를 선고하겠는가,
너의 강물이 바다에 들어부었던 눈물의 홍수,
황금 저울이 그 무게를 달지 못했다면?
어느 **신**이 감히, **레스보스**여, 네 판관이 되겠는가?

정당함과 부당함을 가르는 법칙이 우리에게 원하는 게 무엇인가?
숭고한 마음의 처녀들, 군도의 명예여,
당신들의 종교는 다른 종교만큼이나 엄숙하다,
그리고 사랑은 **지옥**도 **천국**도 비웃으리라!
정당함과 부당함을 가르는 법칙이 우리에게 원하는 게 무엇인가?

레스보스가 지상의 모든 이들 중 특히 나를 선택했으니
이는 꽃으로 피어난 처녀들의 비밀을 노래하기 위함이라,
그리고 나는 어린 시절부터 어두운 눈물에 섞인
과격한 웃음의 검은 신비를 받아들였다;[8]

---

8 이 부분은 세상이 잘못되어가는 것을 볼 때, 기가 막혀 웃는 웃음이다. 예로 찰리 채

레스보스가 지상의 모든 이들 중 특히 나를 선택했으니.

그리고 그때부터 나는 **르카트**[9] 정상에서 불침번을 선다,
날카롭고 확실한 눈을 가진 보초처럼,
멀리 창공 아래 그 모습이 일렁거리는;
쌍돛배, 작은 범선, 쾌속선을 밤낮으로 감시한다,
그리고 그때부터 나는 **르카트** 정상에서 불침번을 선다[10]

바다가 관대한지 잔잔한지 알기 위하여,
그리고 바위에 메아리치는 흐느낌 가운데
떠났던, **사포**의 숭배 받는 시체를
어느 저녁 용서하는, **레스보스** 쪽으로 도로 데려올 것인지
바다가 관대한지 잔잔한지 알기 위하여!

남자다운 **사포**, 연인이자 시인이여,
침울하고 창백하여 **비너스**보다 더 아름답다!
—창공의 눈이 고통으로 거뭇거뭇하게 그늘진
검은 눈에 정복되었다.
남자다운 **사포**, 연인이자 시인이여!

플린 같은 어릿광대가 풍자하는 모습이 우리에게 웃음을 유발하는 것처럼.

9 르카트(Leucate) : 사포가 투신했다는 레우카스(Leukas)의 절벽을 가리킨다.

10 바다 위에 떠 있는 배의 이미지는 시인에게 세상을 살아가는 사람들의 모습이다.

—세상 위에 몸을 일으킨 **비너스**보다 더 아름다워라
그리고 그 평온한 보물과
금발을 늘어뜨린 젊음의 밝은 표정을
매혹된 그의 딸인 늙은 **대양** 위에 들어부으면서;[11]
세상 위에 몸을 일으킨 **비너스**보다 더 아름다워라!

—그 모독의 날 죽었던 **사포**,
제식을 모독하고 예배가 발명되면서,
오만함으로 불경함을 처벌하는 짐승에게 주는 최고의 먹이를
그녀가 자신의 아름다운 육체로 만들었을 때
그 모독의 날 죽었던 그녀!

그리하여 이때부터 **레스보스**는 한탄하노라,
그리고, 세계가 그에게 보내는 영광에도 불구하고,
황량한 해안이 하늘 쪽으로 밀어내는
고통의 외침에 매일 밤 취하는 것도 이때부터다!
그리하여 이때부터 **레스보스**는 한탄하노라![12]

11 같은 대양을 비너스가 몸을 일으키면서 딸과 늙은 대양으로 분류하고 있다.
12 '피의 목욕'으로 레스보스에서 여류시인 사포가 죽고 비너스가 몸을 일으켜 숭배받는 모습으로 비유해, 기독교가 그리스, 라틴 문화에 의해 변질되었기 때문에 레스보스가 탄식한다는 내용의 시이다.

천벌 받은 여인들[13]

FEMMES DAMNÉES

델핀과 이폴리트

힘 빠진 램프의 창백한 빛에,
냄새가 물씬하게 밴 푹신한 방석 위에,
이폴리트는 그녀의 어리고 순진한 장막을
걷어 올렸던 힘찬 애무를 꿈꾸고 있었다.

그녀는 폭풍우로 흐려진 눈으로,
이미 천진함으로부터 멀리 떨어진 하늘을 찾고 있었다,
마치 아침에 지나쳐온 푸른 수평선을
돌아보는 여행자처럼.

쇠약해진 눈에 힘없이 흐르는 눈물,
부서진 외모, 망연자실, 음울한 관능,
패배하여 쓸데없는 무기처럼 던져진 그녀의 팔,
이 모든 것이 그녀의 가녀린 아름다움을 돋보이게 해주었다.

13 이 시는 동성애에 대한 것이다.

그녀의 발치, 평온하게 그리고 기쁨으로 가득 차서 누워 있는,
델핀은 뜨거운 눈으로 그녀를 품고 있었다,
마치 먹이에 이빨로 먼저 표시를 한 다음,
지켜보는 사나운 맹수처럼.

가녀린 아름다움 앞에 무릎 꿇은 강한 아름다움,
멋져라, 그녀는 관능적으로 승리의 술을
들이마셨고, 그녀 쪽으로 몸을 쭉 펴고 누웠다,
마치 달달한 감사 인사라도 받아내려는 것처럼.

그녀는 창백한 희생자의 눈 속에서
기쁨이 노래하는 말없는 찬가와,
눈꺼풀에서 긴 탄식처럼 흘러나오는,
이 무한하고 숭고한 감사의 마음을 찾고 있었다.

—"**이폴리트**, 소중한 사랑, 너는 어떻게 생각해?[14]
처음 핀 장미꽃으로 이루어진 신성한 제물을
그것들을 시들게 할 수 있는 격렬한 숨결에
바칠 필요가 없다는 것을 이제는 이해하니?

내 입맞춤은 마치 저녁마다

---

14 이 시에서는 대시(—)로 델핀, 이폴리트, 화자로 연결되며 바뀌는 주체를 표시하고 있다.

크고 투명한 호수를 애무하는 이 하루살이들처럼 가벼워,
그런데 네 연인의 입맞춤은 자국을 남기겠지.
수레바퀴처럼 아니면 널 아프게 하는 보습의 날처럼;

발굽 달린 소나 말이 끄는 무거운 수레처럼
가차 없이 네 위로 지나갈 거야…
이폴리트, 오 나의 자매! 그러니 이쪽을 보렴,
너는, 나의 영혼 그리고 나의 사랑, 나의 전부이자 나의 반쪽이야,

푸른 하늘과 별들로 가득한 너의 눈으로 나를 보렴!
신성한 향유 같은, 가장 매혹적인 시선 중의 하나를 위해서라면,
난 더욱 어두운 쾌락의 장막을 걷어 올릴 거야
그리고 끝없는 꿈결 속에 너를 잠들게 할 거야!"

하지만 그때 **이폴리트**는 앳된 머리를 들면서:
—"나는 사랑에 냉정하지도 않고 후회하지도 않아,
나의 **델핀**, 나는 고통스럽고 불안해,
마치 끔찍한 야식을 먹고 난 다음처럼.

무거운 공포가 내게 덤벼들고
여기저기 흩어진 유령들의 검은 전쟁이 내게 닥쳐와서
피 흐르는 수평선으로 사방이 에워싸인
움직이는 길로 나를 끌어가는 것 같아.

그러니까 우리가 이상한 짓을 저질렀다는 거지?
할 수 있다면 설명해줘, 내가 왜 불안하고 두려운지:
네가 나를 "나의 천사!"라고 부르면 두려움으로 몸이 떨려
하지만 내 입술은 너를 향해 가는 것 같아.

나를 그렇게 보지 마, 너는, 나의 마음!
영원히 너를 사랑해, 내가 선택한 자매여,
설령 이것이 네가 파놓은 함정이라 해도
그리고 내 파멸의 시작이라 해도!"

델핀은 비극적으로 머리털을 흔들고,
삼각대 위에서 발을 구르듯이,
숙명적인 눈빛과 포악한 목소리로 대답했다:
—"그러니까 누가 감히 사랑 앞에서 지옥에 대해 말하겠어?

해결되지 않을 쓸데없는 문제에 사로잡혀,
어리석게도, 사랑 같은 일에 정숙함을 논하는
첫 번째 사람이기를 원했던,
헛된 몽상가에게 영원히 저주가 있기를!

땡볕과 그늘, 낮과 밤,
그런 것이 신비로운 조화에 의해 결합되기를 바라는 사람은
사랑이라고 부르는 이 붉은 태양으로도
결코 그 굳어진 몸을 덥히지 못할걸!

네가 원한다면, 어리석은 약혼자를 찾으러 가렴;
그의 잔혹한 입맞춤에 순결한 마음을 바치러 달려가;
그리고, 회한과 공포에 사로잡히고, 납빛으로 질려서,
너는 낙인 찍힌 젖가슴을 다시 내게 가져오겠지…

이 땅에서 우리가 만족시킬 수 있는 주인은 단 한 명뿐!"
그러나 아이는, 엄청나게 괴로워하며,
갑자기 외쳤다 : —"내 존재 속에서 입 벌린 심연이
점점 커지는 것 같아; 이 심연은 내 마음이야!

화산처럼 불타고, 허공처럼 깊은 마음!
신음하는 이 괴물을 채워줄 수 있는 건 아무것도 없고.
손에 든 횃불로, 가슴속의 피까지 불태우는
이 **에우메니데스**[15]의 갈증을 풀어줄 수 있는 것은 아무것도 없을 거야.

닫힌 장막이 우리를 이 세상에서 떼어놓고,
피로가 휴식을 가져다주면 좋을 텐데!
네 깊은 가슴속에서 죽어
네 가슴에서 무덤의 시원함을 찾고 싶다!"

—내려가라, 내려가라, 애통한 희생자들이여,
영원한 지옥의 길로 내려가라!

---

15 에우메니데스 : 그리스 신화의 복수의 여신.

심연 가장 깊은 곳에 잠겨라, 거기에서는
하늘에서 오지 않은 바람에 채찍질 당한 모든 죄악들이,

뇌우 소리와 함께 뒤죽박죽이 되어 들끓는다.
미친 망령들이여, 너희 욕망의 목표로 달려가라;
너희들은 결코 그 격정을 충족시킬 수 없으리라
그리고 너희들에게 주는 벌은 너희의 쾌락에서 싹트리라.

신선한 광선은 결코 너희들이 숨은 곳을 비추지 못하리라;
열기가 느껴지는 역한 냄새가
초롱처럼 타오르면서 벽 틈으로 새어 들어오고
그 끔찍한 냄새는 너희들 몸에 스며든다.

결코 아기를 갖지 못하는 너희들의 모진 쾌락으로
너희들은 갈증만 심해지고 피부는 뻿뻿해진다,
그리고 욕망의 미칠 듯한 바람으로
너희들의 살갗은 마치 낡은 깃발처럼 터진다.

살아 있는 사람들로부터 멀리 떠나, 방황하는, 벌을 선고받은 여인들아,
사막을 지나 마치 늑대처럼 달려라;
너희들의 운명을 만들어라, 무질서한 영혼들이여,
그리고 너희들 안에 가지고 있는 무한을 피해 달아나라!

망각의 강

LE LÉTHÉ

내 마음으로 오라, 잔혹하고 귀먹은 영혼이여,
사랑스러운 호랑이, 나른한 모습을 한 괴물이여;
묵직하고 빽빽한 네 머리숱 속에
내 떨리는 손가락을 오래오래 파묻고 싶다;

향기로 가득한 너의 치마 속에
아픈 내 머리를 파묻고 싶다,
그리고, 마치 시든 꽃처럼, 사라진 내 사랑의
감미로운 흔적을 음미하고 싶다.

나는 잠들고 싶다! 살기보다는 오히려 잠들고 싶다!
죽음만큼 달콤한 잠 속에서,
구리처럼 매끈한 아름다운 네 몸 위에
나는 후회 없이 내 입맞춤을 늘어놓으리라.

내 흐느낌을 누그러뜨려 삼켜버리기에
심연 같은 네 잠자리만 한 게 아무것도 없고;
강한 망각이 네 입술에 머물고,
레테는 네 입맞춤 속에 흐른다.

열락을 즐긴 이후로, 나의 운명에,
나는 예정된 사람처럼 복종하리라;
그 열정 때문에 고통을 받는,
온순한 순교자, 무고한 죄수,

나는 내 원한을 잠재우기 위하여,
네펜데스[16]와 맛있는 독당근을 빨아 먹을 것이다
결코 한 번도 사랑을 사로잡은 적 없는[17]
이 뾰족한 젖가슴의 매력적인 젖꼭지에서.

16 네펜데스 : 호메로스의 『오디세이아』에 언급되는, 모든 근심과 고통을 잊게 하는 묘약.

17 처녀를 의미함.

지나치게 쾌활한 여인에게

A CELLE QUI EST TROP GAIE

너의 머리, 너의 몸짓, 너의 태도는
멋진 풍경처럼 아름답다;
웃음은 맑은 하늘에서 부는
시원한 바람처럼 네 얼굴에서 노닌다.

너를 스쳐 지나가는 슬픈 행인도
네 팔과 어깨에서
빛처럼 솟아나는
건강에 눈부셔한다.

네가 차려입은 옷에 뿌려진
요란한 색채는
시인들의 정신에
꽃의 발레 같은 이미지를 던져준다.

그 경박한 차림새는
얼룩덜룩한 네 마음의 상징이다;
내가 홀딱 반한 지나치게 쾌활한 여인,

나는 너를 사랑하는 만큼 증오한다!

때때로 내가 무기력증을 끌고 다녔던
아름다운 정원에서,
나는 태양이 비꼬듯이,
내 가슴을 찢는 것을 느꼈다;

그리고 봄과 푸르름이 그토록
내 마음을 모욕했기에,
나는 한 송이 꽃을 상대로
자연의 무례함을 벌했다.

이렇게 어느 날 밤, 나는,
관능의 시간이 울릴 때,
보물 같은 네 몸 쪽으로,
마치 겁쟁이처럼 소리 없이 기어가고 싶다,

유쾌한 네 살을 벌하기 위해,
네가 허용해준 가슴을 멍들게 하기 위해,
그리고 놀란 네 옆구리에
넓고 움푹한 상처를 내기 위해,

그리고, 어지러운 부드러움이여!

더 빛나고 더 아름다운,

이 새 입술을 통해서,

너에게 내 독을 쏟아 넣고 싶다, 나의 누이여![18]

18 사랑하는 그녀의 입술에 독을 부어넣고 싶다는 건, 시인이 그의 시를 통해서 하고 싶은 말일 것이다.

보석

LES BIJOUX

사랑하는 여인은 벌거벗고 있었다, 그리고, 내 마음을 알기에,
소리 나는 보석들만 걸고 있었다,
값비싸고 사치스런 도구는 그녀에게 **무어인** 노예들이
그들의 행복한 시절에 지녔던 당당한 태도를 주었다.

그것이 춤추면서 조롱하듯 생생한 소리를 던지면,
금속과 돌로 빛나는 이 세상은
나를 도취로 매혹하기에, 나는 열광적으로
소리와 빛이 뒤섞이는 것들을 사랑한다.

그러고 보니 그녀는 자신을 사랑하도록 몸을 내맡긴 채,
긴 의자 위에 누워서 높은 자리에서
절벽을 오르듯 그녀를 향해 올라가는 바다처럼,
깊고 부드러운 내 사랑에 편안하게 미소 짓고 있었다.

그녀는 내게 시선을 고정하고, 마치 길들여진 호랑이처럼,
몽롱하고 꿈꾸는 듯한 태도로 자세를 잡았고,
음탕함에 순박함이 섞여서
그녀의 변한 모습에 새로운 매력을 주고 있었다;

기름처럼 매끄럽고, 백조처럼 물결치는,
그녀의 팔과 다리, 그리고 엉덩이와 허리는,
통찰력과 차분함을 갖춘 내 눈 앞으로 지나갔다;
그리고 그녀의 배와 젖가슴, 나의 이 포도 송이들은

악의 **천사들**보다 더 아양을 떨며 앞으로 걸어왔다,
내 영혼이 잠겨 있던 휴식을 깨트리기 위해,
그리고 평온하게 홀로 앉아 있던 수정 바위에서
내 영혼을 훼방하기 위해.

풋내기 남자아이의 상반신에 **안티오페**[19]의 허리를
붙여놓은 새로운 스케치를 본다고 믿을 만큼,
그녀의 허리는 골반을 돋보이게 했다.
엷은 황갈색과 갈색 피부에 분화장은 또 어찌나 멋지던지!

—그리고 램프는 체념하듯 꺼져가고 있었기에,
난로만 이 방을 비췄던 것처럼,
불길이 타오르면서 탄식을 밀어낼 때마다,
호박색 피부는 핏빛으로 물들었다!

19 안티오페 : 그리스 신화에 나오는 아마존의 여왕.

흡혈귀의 변신

LES MÉTAMORPHOSES DU VAMPIRE

그렇지만 여인은, 숯불 위의 뱀처럼 몸을 비틀고,
코르셋의 쇠 살대 위로 자기 가슴을 반죽하면서,
딸기 같은 입술로, 온통 사향이 배어든 이런 말을 흘렸다:
—"나, 나의 입술은 촉촉하니, 나는
침대 깊숙한 곳에서 고대의 신앙[20]을 잃게 하는 학문을 알고 있다.
의기양양한 내 가슴 위에서는 모든 눈물이 말라버리고,
늙은이들도 어린아이들처럼 웃는다.
실오라기 하나 걸치지 않은 내 알몸을 보는 이에게,
나는 달, 태양, 하늘, 별이나 다름없다!
친애하는 학자여, 나는 관능에 조예가 깊다,
내가 한 남자를 내 무시무시한 팔로 질식시킬 때,
소심하면서도 방종하고, 약하면서도 튼튼한 내가,

---

20 아브라함의 신앙을 연상해보자. 하나님의 말씀을 직접 듣고 움직이고 신을 벗고 제단을 쌓던 아브라함은 자손이 없었는데 하나님으로부터 하늘의 별과 같이 무수히 많은 자손을 약속 받았다. 「파리의 꿈」에서 시인은 자신의 의지로 대양을 보석 터널 아래로 흐르게 했고, 액체가 그 영광을 결정화된 광선에 새겨 넣었으며 이 기적은 스스로 타오르는 불로 빛나고 있다고 했다. 즉, 기적이 자체 발광하는 별처럼 빛났다고 했다. 즉, 아브라함의 자손들이 아브라함처럼 하나님의 말씀을 따라 살면서 스스로 빛나는 별과 같다는 의미에서 '고대의 신앙'에서 '아브라함의 신앙'을 연상할 수 있다.

내 젖가슴을 물어뜯으라고 내맡길 때,
감동하여 기절하는 이 잠자리 위에서,
무능한 천사들이 나로 인해 지옥에 떨어질 만큼!”

그녀가 내 뼈에서 골수를 모조리 빨아먹었을 때,
그리고 내가 그녀에게 사랑의 입맞춤을 돌려주기 위해
기운 없이 그녀에게 돌아섰을 때, 내게는
끈적끈적한 옆구리에 고름투성이 가죽 부대만 보일 뿐이었다!
나는 오싹한 공포심에 눈을 감았다,
생생한 빛을 느끼고 눈을 다시 떴을 때,
내 곁에는, 피를 충분히 담고 있는 것 같았던
힘세 보이는 인체 모형 대신에,
겨울밤 동안에 바람에 흔들리는
쇠막대기 끝에 달린 바람개비나
깃발 펄럭이는 소리를 스스로 내고 있는
해골 조각들이 어수선하게 흩어져 떨고 있었다.[21]

---

21 「두 수녀」에서는 난봉과 죽음의 의미를 제대로 파악하지 못했기에 순결하게 남아 있다는 의미로 수녀라 했는데, 이 시에서는 침대의 깊숙한 곳에서 신앙을 잃어버리는 행동이 곧 죽음과 연결됨을 보여주는 시다.

고상한 기품
GALANTERIES

분수

LE JET D'EAU

네 아름다운 눈은 지쳐 있다, 가엾은 애인이여!
네가 쾌락에 놀랐던
노곤한 자세로
다시 눈뜨지 말고, 오래도록 그대로 있어라.
뜰에서 속살거리는 분수는
밤에도 낮에도 조용해지는 일 없이,
오늘 저녁 나를 사랑에 잠기게 했던
도취한 상태를 기분 좋게 유지한다.

즐거운 **달**이
　그 빛을 띠는,
수많은 꽃들로,
　피어난 물줄기는
넉넉한 눈물로
　비처럼 떨어진다.

이렇게 관능에 불타는 번갯불에
들떠버린 너의 영혼은
매혹적인 드넓은 하늘 쪽으로
빠르고 대담하게 뛰어간다,
그리고 너의 영혼은 죽어가면서,

슬프고 무기력한 물결로 흘러,
보이지 않는 경사를 따라
내 마음 깊은 곳까지 내려간다.

즐거운 **달**이
그 빛을 띠는,
수많은 꽃들로,
피어난 물줄기는
넉넉한 눈물로
비처럼 떨어진다.

밤이면 더욱 아름다워지는, 너,
수반에서 흐느끼는
영원한 탄식을 듣는 것이
너의 가슴에 기댄 내게 얼마나 감미로운지!
달, 소리 나는 물, 축복받은 밤,
나무들은 주변에서 전율하고,
당신의 순수한 우울은
내 사랑을 비추는 거울이다.

즐거운 **달**이
그 빛을 띠는,
수많은 꽃들로,
피어난 물줄기는
넉넉한 눈물로
비처럼 떨어진다.

베르트의 눈

LES YEUX DE BERTHE

당신은 가장 유명한 눈을 등한시할 수 있다,
내가 모르는 **밤**처럼 편안하고 부드러운 어떤 것이
걸러져서 사라지는 내 아이의 아름다운 눈!
아름다운 눈이여, 당신의 매혹적인 어둠을 내게 부어다오!

사랑받는 비결인 내 아이의 커다란 두 눈,
너희는 혼수상태에 빠진 한 떼의 유령들 뒤로,
알려지지 않은 보물들이 흐릿하게 반짝이는,
이 마법의 동굴과 무척 닮았다!

어둡고, 깊고 그리고 커다란 내 아이의 눈은,
너처럼, 무한한 **밤**이여! 너처럼 빛을 뿜는다!
그 눈의 불꽃은 관능적이고도 순결하게, 깊은 곳에서 반짝이는,
신앙이 어우러진 **사랑**에 대한 생각들이다.

찬가

HYMNE

내 마음을 빛으로 채운,
몹시도 소중한 여인에게, 무척이나 아름다운 여인에게
천사에게, 불멸의 우상에게,
영원한 구원이 있기를!

그녀는 내 삶 속에 퍼진다
마치 소금기가 밴 공기처럼,
그리고 채워지지 않는 나의 영혼에
영원에 대한 취향을 들어붓는다.

소중한 오두막집의 분위기를
향기롭게 해주는 언제나 신선한 향주머니,
밤새도록 비밀스럽게
연기가 피어오르는 잊혀진 향로,

변하지 않는 사랑이여,
진실로 어떻게 너를 표현할까?
보이지 않는, 내 영원 깊은 곳에 존재하는,
사향 알맹이여!

나를 기쁘고 건강하게 해주는
몹시도 착한 여인에게, 무척이나 아름다운 여인에게,
천사에게, 불멸의 우상에게,
영원한 구원이 있기를!

얼굴의 약속

LES PROMESSES D'UN VISAGE

나는 사랑한다, 오 창백한 아름다움이여, 낮아진 네 눈썹을,
　　　어둠이 그로부터 흐르는 것 같구나;
너의 눈은, 매우 검은데도, 전혀 침울하지 않은
　　　생각들로 내게 영감을 준다.

너의 눈은, 네 검은 머리와
　　　탄력 있는 네 머리카락과 어울린다.
너의 눈은, 노곤하게 내게 말한다: "너,
　　　조형의 뮤즈에게 사랑받는 이여,[1]

우리가 너에게 부추겼던 희망과
　　　네가 장담한 모든 취향을 따르고자 한다면,
너는 배꼽에서부터 엉덩이에 이르기까지
　　　우리의 진실성을 확인할 수 있으리라;

너는 묵직하고 아름다운 두 가슴 끝에서

1　우리는 흔히 조각가들이 우상을 만들었다고만 생각하는데 시인은 그의 시에서 보는 것처럼 조형의 뮤즈를 설정하여 우상의 실체를 난봉에서 찾았다. 별도 없는 어두운 밤에서.

두 개의 넓은 동메달을 발견하리라,
승려의 피부처럼 흑갈색에다,
비로도처럼 부드러운, 편편한 배 아래에서

엄청난 이 머리털의 누이는,
참으로 풍성한 털,
너만큼이나 굵고 유연하고 곱슬곱슬하다,
별도 없는 **밤**, 어두운 **밤**이여!"

괴물

LE MONSTRE

혹은 죽음의 요정의 들러리

I

너는 확실히, 나의 소중한 이여,
뵈이요[2]가 소녀라 칭한 존재는 아니다.
유희, 사랑, 그리고 진미가,
네게서 끓는다, 낡은 솥이여!
너는 더 이상 싱싱하지 않다, 몹시도 소중한 이여,

나의 늙은 공주여! 그렇기는 해도
무분별한 너의 캐러밴들은
매우 낡았지만 그동안
마음을 끄는 것들에
잔뜩 윤을 내어 네게 주었다.

나이 마흔 살에 건강한 너를

---

2 루이 뵈이요(Louis Veuillot, 1813~1883) : 프랑스의 언론인이자 작가.

나는 따분하다고 생각하지 않는다;
봄에 피는 평범한 꽃들보다
너라는 **가을** 열매를 좋아한다!
아니! 너는 결코 따분하지 않다!

네 몸은 매력적이고
특별한 우아함이 있다;
너의 두 빗장뼈 움푹 들어간 곳에서
나는 낯선 자극을 발견한다;
네 몸은 매력적이다!

멜론[3]과 호박[4],
그 우스꽝스러운 연인들이 다 무슨 소용이냐!
나는 네 쇄골을 좋아한다
솔로몬 왕의 그것보다도,[5]
그리고 나는 이 우스꽝스러운 사람들을 동정한다!

네 머리털은 푸른 투구처럼,

---

3 멜론 : 중산모자를 쓴 남성.

4 호박 : 뚱뚱한 여자를 일컬음.

5 『솔로몬 왕의 쇄골(Les clavicules de Salomon)』은 솔로몬이 쓴 것으로 알려진 책의 제목이다. 시인이 사랑하는 여인의 쇄골을 좋아한다고 하면서 솔로몬 왕을 빗대었으므로, 여기서 우리는 솔로몬이 지은 사랑의 노래, 성경의 「아가」를 연상하게 된다. 솔로몬이 수많은 비빈들보다도 사랑한 여인에 대해 쓴 노래가 「아가」이다.

별로 생각하지도 않고 붉어지는 일도 별로 없는,
전사 같은 네 이마에 그늘을 드리우고는,
마치 푸른 투구에 달린 말갈기처럼,
뒤로 달아난다.

어떤 표시등이 반짝이는
진흙 같은 네 눈은,
네 분 바른 뺨 덕분에 되살아나서,
지옥 같은 섬광을 쏘아낸다!
네 눈은 진흙처럼 검다!

그 음탕함과 경멸에 의해
네 가혹한 입술이 우리를 도발한다;
우리를 끌어당겨 충격을 주는
이 입술, 이것은 **에덴**이다.
웬 음탕함이냐! 그리고 웬 경멸이냐!

마르고 근육질인 네 다리는
화산 꼭대기도 기어오를 수 있다.
아무리 눈이 쌓이고 빈궁해도
최고로 격렬한 캉캉춤을 출 수 있다.
네 다리는 마르고 근육질이다;

네 눈이 눈물을 흘리지 못하는 것처럼

햇볕에 타고 부드럽지도 않은 네 피부는,
마치 늙은 헌병의 피부처럼
땀을 흘리지 않는다.
(그렇지만 네 피부는 부드럽다!)

II

어리석은 여인이여, 곧장 **악마**에게 가버려라!
이 무시무시한 속도가
내게 어떤 감동을 일으키지 못한다면,
내가 기꺼이 너와 함께 가겠다.
그러니 가버려라, 홀로, **악마**에게로!

나의 허리, 폐, 오금은 더 이상
더할 나위 없는 이 **주님**을,
존중하도록 나를 내버려두지 않는다.
"아! 이건 정말 유감이다!"
라고 내 허리와 내 오금은 말한다.

아! 솔직히 말해 나는 안식일에
그가 유황으로 방귀를 뀔 때, 네가
어떻게 그의 용변에 입맞추는지
보러 가지 못하는 것이 괴롭다!

아! 솔직히 말해 나는 괴롭다!

나는 지독히도 슬프다
너의 촛대가 되지 못하는 것이,
그리고 네게 작별을 고하는 것이.
지옥의 불꽃이여! 판단하라, 나의 소중한 여인이여,
내가 얼마나 슬퍼야 하는지,

오래전부터 내가 너를 사랑했다는 것은,
그지없이 논리적이기에! 사실상,
악으로부터 크림을 찾고 싶고
완벽한 괴물만을 사랑하고 싶기에,
정말 그렇다! 늙은 괴물이여, 내가 너를 사랑한다![6]

---

6 이 시에서 시인은 사랑하는 여인이 늙었어도 여전히 사랑하고, 영원히 시인이 바라는 모습으로 살아주길, 악마에게 가지 않고 괴물로 남아주길 바란다.

제사

ÉPIGRAPHE

오노레 도미에[1]의 초상화를 위한 시

VERS POUR LE PORTRAIT DE M.
HONORÉ DAUMIER

우리가 네게 보여주는 초상 속의 인물,
그 무엇보다도 섬세한, 그의 예술은,
우리가 우리를 조롱하도록 가르친다,[2]
그는, 독자여, 지혜로운 사람이다.

그는 풍자가이며, 익살꾼이다;
그러나 그는 사력을 다해
악과 그 여파를 그려내어
그 마음의 아름다움을 입증한다.

그의 웃음은 **알렉토**[3]의 횃불 아래
불타는 **멜모스**나 **메피스토**[4]의

---

1 오노레 도미에(1808~1879) : 프랑스의 화가. 정치 풍자의 석판화로 명성을 얻었다.

2 웃음과 미소는 의미가 다르다. 오노레 도미에의 판화 작품은 작품은 세상이 잘못되어가는 것을 풍자하여 웃음을 자아내지만, 거기에 바로 우리의 모습이 담겨 있다는 것을 잊지 않게 한다.

3 멜모스 : 영국의 작가 매튜린(C.R. Maturin)의 소설 제목이자 주인공. 멜모스는 수명을 늘이고 세상의 모든 지식을 얻기 위해 악마에게 영혼을 팔지만, 남아 있는 생애 동안 자신의 계약을 이어받을 사람을 찾아 방랑한다.

4 메피스토 : 괴테의 희곡 『파우스트』에 등장하는 악마 메피스토펠레스.

찌푸린 표정과는 달리,
우리를 얼어붙게 한다.

그들의 쾌활한 웃음은
고통스러운 짐일 뿐이지만,
그의 웃음은 솔직하고 넉넉하여 빛이 난다,
마치 그의 선량함의 표시처럼![5]

5 그들의 웃음은 고통스러운 짐이지만, 그의 웃음은 선함을 나타내듯이 빛이 난다. 웃음에 대해서 보들레르는 「웃음의 본질에 대하여(De l'essence du rire)」에서 자세히 쓰고 있는데 미소와 소리 내어 웃는 웃음에는 확실히 차이가 있다.

롤라 드 발랑스[6]

LOLA DE VALENCE

도처에서 볼 수 있는 많은 아름다움 가운데,

친구여, 나는 욕망이 흔들리는 것을 잘 이해한다;

그러나 **롤라 드 발랑스**에게 장밋빛과 검은빛

보석의 뜻밖의 매력이 반짝이는 것을 본다.

6 롤라 드 발랑스 : 스페인 출신의 무용수. 본명은 롤라 멜레아.

외젠 들라크루아의 〈감옥에 갇힌 타소〉[7]

SUR *LE TASSE EN PRISON* D'EUGÈNE DELACROIX

지하 감옥에 갇힌, 허술한 옷차림에 병약한 시인은,
경련하는 발끝으로 초고를 말면서,
공포가 태우는, 그의 영혼이 망가지는
현기증 나는 계단을 얼핏 본다.

감옥을 채우는 도취시키는 웃음은
그의 이성을 낯섦과 부조리 쪽으로 끌어들이고;
의심이 그를 둘러싸고, 우스꽝스럽고 끔찍한,
온갖 형태의 **두려움**이 그의 주위를 감싸고 돈다.

건강에 좋지 못한 초라한 거처에 갇힌 천재,
찌푸린 얼굴로 고함을 지르는 유령 무리가
그의 귀 뒤로 떼지어 모여들어 빙글빙글 맴돈다.

얼마나 끔찍한 곳에 있는지 깨닫고 정신을 차린 이 몽상가,

---

7 외젠 들라크루아(1798~1863)는 프랑스의 낭만주의를 대표하는 화가이며 〈감옥에 갇힌 타소〉는 르네상스 시대 이탈리아의 시인 타소(Torquato Tasso, 1544~1595)를 소재로 한 그의 그림이다.

현실이 사방을 둘러싼 벽에 그를 가둬 질식시키는
어두운 꿈들의 **영혼**이여, 이게 바로 너를 상징한다![8]

8 시인은 그림 속의 타소에게 그 자신처럼 어두운 꿈을 꾸는 고통 속에 시달린 영혼이 바로 '너의 상징' 이라고 말하고 있다.

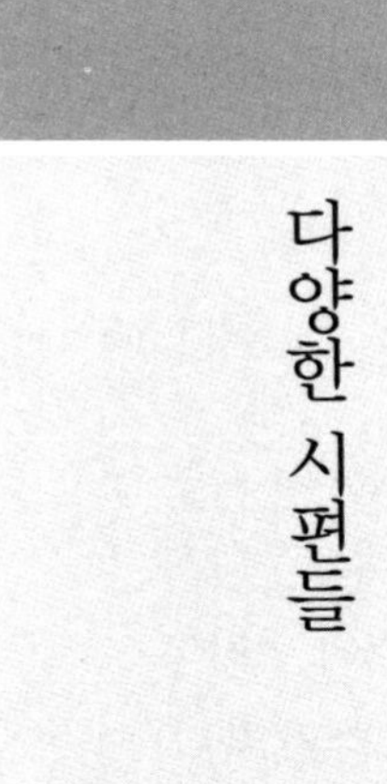

다양한 시편들

PIÈCES DIVERSES

목소리

LA VOIX

내 요람은 책장에 기대어 있었다,
어두운 **바벨탑**에는 소설, 과학, 우화시,
모든 것, 라틴의 재도 그리스의 먼지도,
섞여 있었다. 내 키는 2절판 책만 했다.[1]
두 목소리가 내게 말했다. 하나는, 교활하고 확고하게
말했다: "**땅**은 달콤함으로 가득한 과자 같은 것;
나는 한결같은 식욕을 네게 줄 수 있단다.
(그리고 그때 너의 기쁨은 끝이 없겠지!)"
그리고 다른 목소리는 말했다: "오라! 오! 꿈속으로 여행을 떠나라,
가능한 것을 넘어, 알려진 것을 넘어서!"
귓전을 어루만지듯 하지만 오싹한,
어디서 왔는지 모를 가냘프게 우는 유령,
그의 목소리는 마치 모래톱의 바람처럼 노래했다,
나는 네게 대답했다: "네! 감미로운 목소리여!" 그때부터다
아! 사람들이 말하는 나의 상처와 숙명이 시작된 것은.
심연의 가장 어두운 곳에서, 거대한 존재의 배경 뒤에서,

---

1 이 시에서도 「축복」, 「교만의 체벌」, 「두 수녀」, 「레스보스」 등에서와 같이 성경의 내용을 파악할 수 있다. 라틴의 재, 그리스의 먼지와 같은 표현은 헬레니즘의 문화가 섞여 있음을 말한다.

나는 기이한 세계들을 분명하게 보고,
그리고, 나의 혜안에 도취된 희생자인 나는,
내 신발을 물어뜯는 뱀들을 끌고 다닌다.
그리고 그때부터다, 예언자들처럼,
내가 그렇게나 다정하게 사막과 바다를 사랑하게 된 것은;
내가 초상집에서는 웃고 잔칫집에서는 울고,
쓰디쓴 술에서 감미로움을 발견하고;
툭하면 사실을 거짓으로 간주하고,
하늘만 올려다보다, 구덩이에 빠지는 것은.[2]
그러나 **목소리**는 나를 위로하며 말한다: "너의 꿈을 간직하라;
현자들은 미친 자들만큼 아름다운 꿈을 가지지 못하므로!"[3]

---

2 이 부분은 이상만 바라보느라 현실적인 감각이 없다는 의미이지, 「장님들」에서처럼 도시의 환락에 빠진다는 의미가 아니다.

3 시인에게 예언자 기질이 나타나는 것을 볼 수 있는 시다. 바다와 사막을 사랑하고 초상집에서 웃고 잔칫집에서 우는 것은 『성경』에 나오는 예언자들의 기질과 닮아 있다.

뜻밖의 일

L'IMPRÉVU

죽어가는 아버지를 지켜보던 **아르파공**,[4]
벌써 하얘진 입술 앞에서 그 꿈꾸는 자는 중얼거린다:
"우리 곡식 창고에는, 내가 알기로,
낡은 널빤지가 충분히 있지?"

셀리멘[5]은 속삭인다: "나는 마음씨가 착하다,
그리고 당연히, **신**은 나를 매우 아름답게 지으셨다."
—그녀의 마음! 훈제된 햄처럼 마른 마음은,
영원한 불꽃에 다시 구워진다!

자신을 선구자라고 생각하는 흐리멍덩한 신문기자는
어둠 속에 잠겼던 빈민에게 말한다:
"**아름다움**의 창조자, 그대가 찬양하는 **정의의 기사**를
도대체 어디서 발견한거야?"

나는 누구보다도, 어떤 호색한을 더 잘 안다

4 아르파공(Harpagon) : 몰리에르의 희극 「수전노」의 주인공. 구두쇠.
5 셀리멘(Célimène) : 몰리에르의 희극 「인간혐오자」의 여주인공. 젊고 아름다운 귀부인.

그는 밤낮으로 하품하고, 그리고 한탄하고 운다,
무능하고 거드름을 피우는 그는 되풀이한다: "그래, 나는
한 시간 안에 덕망이 생기기를 원한다!"

시계는, 제 차례가 되면 낮은 소리로 말한다: "그는 취했다,
천벌 받은 자여! 나는 헛되이 악취 풍기는 육체에 경고했다.
인간은 눈 멀고, 귀먹고, 벌레가 갉아 먹고
그리고 살고 있는 집 벽처럼, 부서지기 쉽다!"

그리고, 모두가 부정했던 누군가[6] 나타나서,
빈정거리기 잘하고 당당한 그는 그들에게 말한다: "나의 성합에서
내가 알기로는, 너희들이 즐거운 **마법 의식**에서
성체배령을 꽤 했지?

너희들은 각각 마음속에서 내게 사원을 만들어주었다;
너희들은 남 몰래, 더러운 내 엉덩이에 입을 맞췄다!
몹시 거대하고 추한 **악마**를
승리를 거둔 그의 웃음으로 알아보라![7]

6 '예수'로 본다. '모두가 부정했던'이란 구절에서 추론이 가능하다.

7 예배를 볼 때 예수에게 입을 맞추는 것이 아니라 더러운 엉덩이에 입을 맞추었다는 것은 더러운 말, 더러운 물질, 더러운 행동에 경배했다는 뜻이다. 「마태복음」에 의하면 "입에 들어가는 것이 아니라 나오는 것이 사람을 더럽게 한다."

그러니, 놀란 위선자[8]들아, 주인을 조롱하고,
주인과 함께 사기를 치는 것을 너희는 믿을 수 있는가,[9]
그리고 **하늘**로도 가고 부자도 되는
　　　두 가지 상을 받는 것이 당연하다고 믿을 수 있겠는가?[10]

사냥거리는 먹잇감을 지키는 길목에서
목 빠지게 기다린 늙은 사냥꾼에게 지불해야 한다.
나의 서글픈 즐거움의 동반자들이여,
　　　내가 너희들을 깊은 곳을 통해서 데려가겠다,

땅과 바위 속 깊은 곳과,
너희의 혼란스러운 회개의 잿더미를 통해서,
그리고 연석이 아닌 단 하나의 덩어리로 이루어진,
　　　나만큼 큰 궁전으로;[11]

---

8 위선자들을 특별히 부르며 동의를 구하는 것은, 예수를 말로만 믿는다고 하면서 실상 잘못된 믿음을 가진 사람들이 아닌, 제대로 된 믿음을 가진 사람들이라고 보면 앞뒤가 맞는다. 「독자에게」에서 우리는 위선자들이 누굴까 하고 호기심을 가졌었는데 이 시에서 확인된다.

9 예수를 믿는다고 하면서 주인을 조롱하고 예수를 빙자해 사기를 치는 행위는 우리 사회에서 비일비재하다.

10 부자가 천국에 가기가 낙타가 바늘구멍 들어가는 것보다 힘들다고 했는데 두 가지 상을 다 받는다는 것은 있을 수 없는 일이다.

11 예수는 '한 덩어리'로 된 그의 궁전, 엄청난 죄가 아니라 '보편적인 죄'로 만들어져 있어서 용서받을 수 있는 궁전으로 데려간다고 한다. 이것은 하늘의 엄격함을 경감시키는 의미라고 본다.

그것은 보편적인 **죄**로 만들어졌기에,

나의 자랑, 나의 고통 그리고 나의 영광을 포함하기에!"

―하지만, 높은 곳에 놓인 세계의 저 높은 곳에서,

한 **천사**가 승리의 종을 울린다

마음으로 이렇게 말하는 사람들의 승리: "당신의 회초리에

축복이 있기를, 주님! 오 **아버지**여, 고통은 얼마나 축복받은 것인지!

당신의 손 안에서 내 영혼은 헛된 장난감이 아닙니다,

그리고 당신의 신중함은 무한합니다."

트럼펫 소리는 아주 감미로워서,

하늘이 포도를 수확하는 찬란한 저녁에,

영혼이 찬송가를 노래하는

모든 사람들 속에 도취처럼 스며든다.[12]

---

12 시인은 고통이 우리의 마음을 정화하고 거룩하게 하기에 고통을 찬양하고 축복한다. 결국 천사의 나팔소리와 함께 하나님의 구원이 이루어지고 하나님의 신중함과 고통 주심에 영광과 찬양을 보낸다.

몸값

LA RANÇON

사람은 자신의 몸값을 지불하기 위하여,
이성의 쟁기로,
갈아엎고 개간해야 하는,
깊고 비옥한 응회암의 밭을 두 필지 가지고 있다;

최소한의 장미를 피워내기 위하여,
약간의 이삭을 얻어내기 위하여,
칙칙한 이마에 흐르는 짭짤한 눈물로
끊임없이 그것들에게 물을 줘야만 한다.

하나는 **예술**이고, 다른 하나는 **사랑**이다.
―엄격한 심판의
끔찍한 날이 나타날 때
심판관의 호의를 얻으려면,

천사들의 동의를 얻을 만한
모양과 색깔을 지닌 꽃과

수확물로 가득한 곳간들을

그에게 보여줘야 하리라.[13]

13 이 세상을 떠날 때 무엇이 기다리고 있는지 안다면 우리는 그것에 대처할 준비를 할 것이다. 시인은 심판의 날이 오면 우리의 몸값으로 얼마나 사랑을 실천하고 예술적으로 살았는지 그 수확물을 채운 곳간을 보여주어야 한다고 한다. 시인이 하라는 대로 산다면, 우리의 몸값도 몸값이지만 처음 「독자에게」에서 읽었던 우리의 현실이 좋아지고, 세상이 살 만한 곳으로 변화되지 않을까 싶다.

어떤 말라바르 여인에게

À UNE MALABARAISE

너의 발은 손만큼 섬세하다, 그리고 엉덩이는
가장 아름다운 백인 여인도 부러워할 만큼 풍만하다;
사색적인 예술가에게 네 몸은 부드럽고 사랑스럽다;
부드럽고 큰 네 눈은 네 살결보다 더 검구나.
너의 **신**이 너를 태어나게 한 따듯하고 우울한 나라에서,
네 일은 주인의 파이프에 불을 붙이고,
시원한 물과 향수병을 준비하고,
얼씬거리는 모기들을 잠자리에서 멀리 쫓아내고,
그리고, 아침이 되어 플라타너스가 노래를 시작하자마자,
시장에 나가 파인애플과 바나나를 사는 것이다.
온종일, 네가 원하는 곳을, 맨발로 돌아다니며,
알려지지 않은 옛 곡조를 나지막하게 흥얼거린다;
그리고 진홍색 외투를 걸친 저녁이 내려올 때,
너는 돗자리 위에 가만히 네 몸을 누인다,
거기서 떠도는 너의 꿈속엔 벌새들이 가득하고,
그리고 너처럼, 언제나 대가 없이 꽃이 피어난다.
행복한 아이야, 왜 너는 우리의 **프랑스**를 보고 싶어 하는가,
이 나라는 사람이 너무 많이 살아서 고통으로 넘어진다,
그리고, 왜 수부들의 억센 팔에 너의 삶을 맡기면서,

소중한 너의 타마린드와 작별하기를 바라는가?
만일, 거친 코르셋이 네 옆구리를 조이면서,
우리의 진흙탕 속에서 네가 저녁거리를 주워 모으고
낯선 너의 매력의 향기를 팔아야 한다면,
눈은 생각에 잠기고, 그리고 우리의 더러운 안개 속에서,
이곳에선 볼 수 없는 야자수의 흩어진 망령을 쫓으면서,
너는, 얇은 모슬린을 반만 걸치고,
우박과 눈 아래 온몸을 떨면서,
따뜻하고 자유롭던 옛날 한가로운 시간들을 그리며 얼마나 울까![14]

---

14 잃어버린 것들, 돌이킬 수 없는 것들에 대한 시인의 회한은 시인에게 주된 주제다. 너무나 잘 알고 또 깊이 느끼기에 소중한 것을 잃지 말기를 바라는 마음이 절절히 적혀 있다.

〈보들레르 초상〉, 펠릭스 나다르, 1855

보들레르의 『악의 꽃』에 대하여

보들레르의 『악의 꽃』 하면 이미 고유명사처럼 되어버렸다. 많은 번역본이 나와 있고 많은 사람들이 이미 그의 시를 알고 있고 애호한다. 그럼에도 이 번역서를 내는 것은 시인 보들레르가 자신의 작품에 대해 주장하는 말을 존중해서 그의 작품들에 접근함으로써 남들과는 다른 결과물을 얻었기에 시인이 주장하는 시인의 작품을 소개하고 싶은 열망에 의해서다.

시인은 자신의 작품이 풍기문란을 유발한다는 죄목으로 유죄 판결을 받았을 때, 그에 반박하기 위해 '전체로 읽어달라'고 간청한다. 그랬을 때 오히려 '끔찍한 도덕성이 드러날 것'이라고 말이다.[1] 그뿐 아니라 '작품을 잘 쓰기 위해서는 자신이 쓰려는 인물과 자신을 동일시해야 한다'[2]고 그는 말한다. 그 인물처럼 생각하고 말해야 그 인물과 공감하고 이해할 수 있기 때문이리라. 마찬가지로 작품을 잘 이해하기 위해서도 작품 속의

1 「악의 꽃의 소송」, 『보들레르 전집』 1권, p.193.
2 「피에르 뒤퐁 I」, 『보들레르 전집』 2권, p.36.

인물과 자신을 동일시해야 한다고 생각한다. 역자 또한 시인의 시들을 그의 주장에 따라 읽으려고 노력했기에 다른 독자들과 다른 결론을 얻을 수 있었던 만큼 이 책의 독자 여러분들도 시인의 주장대로 그의 작품을 읽어주기를 권하는 바이다.

시인은 전 작품을 통해서 그가 사랑하는 여인이 지닌 절대적인 아름다움과 그 특성들을 묘사하면서 그녀에 대한 예찬과 예찬을 넘어 경배에 이르기까지 그녀를 우상으로 삼아 사랑을 표현했다. 반면 전혀 다른 상반된 이미지로 물질적으로나 사랑에 있어서 부패한 여인의 모습을 표현하기도 했다. 이렇게 시인의 작품은 시인의 실제 삶 속에서 만났던 여인들, 잔 뒤발, 마리 도브렁, 마담 사바티에 등등의 여인들과의 관계에서 나온 것이지만, 작품만 보면 도저히 풀리지 않는 문제들에 봉착하게 된다. 왜냐하면 그녀들은 시인에게 작품을 쓰는 동기, 이미지만을 제공했을 뿐이기 때문이다. 시를 읽다 보면 시인이 영혼의 문제를 다루고 있음을 곧 알게 된다. 그러니 역자는 시인의 머릿속의 완벽한 그녀를 그리기 위해 자신이 만났던 여인들로부터 다양한 특성들을 뽑아서 자신이 절대적으로 사랑하는 정신적인 여인의 모습을 그려냈다고 생각한다. 이런 추측은 그의 작품뿐만 아니라 그의 말에서도 확인할 수 있다.

> 나는 책은 그 전체로 판단되어야 한다고 반복해 말한다. 나는 저주에 하늘을 향한 동경을, 외설에 플라토닉한 꽃들을 대립시킬 것이다. 시의 시작부터 모든 시집은 이렇게 만들어졌다. 그러나 고통 속에서 정신의 동요를 재현하도록 예정된 책을 달리 만드는 것은 불가능했다.[3]

---

3 「악의 꽃의 소송」, 『보들레르 전집』 1권, p.195.

〈잔 뒤발〉, 마네, 1862년경, 부다페스트박물관

〈마담 사바티에의 초상〉, 토마 쿠튀르

마리 드브렁

이렇듯 시인은 비유와 상징을 통해 '프랑스 시의 신비한 운율과 리듬'[4]을 빌려서 상반된 내용의 시들을 자유자재로 다양하게 쓰면서 시인의 생각들을 하나씩 정립해 나갔다. 꿈속의 여인과의 사랑은 시인을 기쁘고 행복하게도 했지만 그를 고통스럽게도 했는데 사랑에 대한 개념은 시인 보들레르에게 매음에의 취미이다. 이것은 육체적인 의미의 매음이 아니라 정신적인 의미의 매음으로 그에게는 예술을 의미한다. 낯선 표현이지만 우리가 타인과 교감하는 것을 시인은 매음이라고 표현한 것이다. 그러나 같은 매음이란 표현을 쓰면서도 소문자와 대문자로 육체적 의미와 정신적인 의미를 구분해놓았다.

Qu'est-ce que l'art? Prostitution. 예술이란 무엇인가? 매음이다.
L'amour, c'est le goût de la prostitution. Il n'est même pas de plaisir noble qui ne puisse être ramené à la Prostitution.
사랑, 그것은 매음에의 취미이다. 그것은 매음으로 귀착될 수 있는 고상한 즐거움도 아니다.[5]

L'amour veut sortir de soi, se confondre avec sa victime, comme le vainqueur avec le vaincu, et cependant conserver des privilèges de conquérant.
사랑은 자신으로부터 나가서 마치 희생자와 정복자처럼 자신이 희생자와 혼동되지만 정복자의 특권들을 간직하길 원하는 것이다.[6]

교감, 매음에 있어서 시인은 우세한 입장이다. 교감의 주체적 입장이

4 「서문 계획」, 『보들레르 전집』 1권,p.183.
5 「봉화」, 『보들레르 전집』 1권, p.649.
6 위의 글, p. 650.

기 때문이다. 상대가 무슨 생각을 하는지 어떻게 살아왔는지 아무것도 몰라도 시인은 자신의 입장에서 상대를 생각하고 이해하기에 언제나 정복자적인 입장인 것이다. 이것은 상대를 희생자로 만드는 악에 속하는 행동이다. 반면 희생자는 상대에 대해 아무것도 모르지만 당하는 입장이 된다. 시인이 꿈속의 연인에게 사랑으로 고통을 당했다면 시인 자신이 희생자가 되고 시인의 아름다움(보테)는 사랑의 정복자라고 말할 수 있다. 사랑에 대한 현실적인 의미로 이 개념을 살펴봐도 달라지지 않는다. 육체적인 사랑을 의미하든 물질적인 사랑을 의미하든 사랑을 위해 유혹에 빠져 허덕이는 고통은 희생자의 것이고, 정복자는 우세한 입장에서 육체적 사랑을 쟁취하든지 아니면 물질적인 이득을 취하게 되는 것이다. 이것이 시인의 사랑에 대한 개념이다.

아이러니하게도 프랑스어 'le mal'에는 '악'이란 뜻도 있고 '고통'이란 뜻도 있다. 행동하는 사람과 받아들이는 사람의 입장의 차이로 두 가지 의미가 다 쓰인다. 보들레르의 작품도 선함과 악함이 공존하면서 시인이 그리는 이상을 표현하고 있다. 그의 작품을 읽기 위해서는 상반되는 개념들에 대해서 우리의 머리가 열려 있어서 그것들을 동시에 조합할 수 있어야 한다.

보들레르에게 천재적 재능이란 '평범한 것을 창조'하는 능력이다. 그리고 시인이란 '자신이 그리려고 하는 것을 정확히 그리는 사람'이라고 한 만큼 그는 오늘날까지도 우리 인간의 삶과 밀착된 평범한 문제들을 정확히 보여주고 있다. 그의 시는 외설적일 뿐 아니라 종교적인 문제와도 연관을 가지고 있다. '시의 종교'라고도 불리는 보들레르의 시들은 풍부한 성경적인 내용을 전체적으로 그리면서 가톨릭 국가인 프랑스에서 기독교의 오래된 문제를 파헤치고 그에 대한 해답을 제시하고 있다.

보들레르의 시들은 시와 시가 연결되어 내용을 알아갈수록 전체가 일관된 내용을 말하고 있음을 발견하게 된다. 그는 다양한 경우들을 시로 썼다. 굳이 죽음, 사랑, 권태, 이상, 우울 등을 언급하지 않더라도 시인의 이상인 아름다운 여인의 모습이 그려져 있는가 하면 흡혈귀와 같이 추한 여인의 모습이 그려져 있고 신과 악마가 하나로 겹쳐 보이기도 하며 「레스보스」의 '프리네'들의 아름다운 정신적인 사랑 다음에는 「천벌 받은 여인들」의 동성애 이야기가 그려져 있다. 그리고 소중한 것을 잃어버린 불쌍한 사람들에 대한 이야기 등을 시로 썼다. 그러니 이렇게 다양한 내용들을 읽을 때, 각각의 경우들에 따라 공감해서, 기뻐하든 슬퍼하든 고통스러워하든 모든 것은 각 독자들의 몫이 된다. 물론 시인의 말대로 '결론에서 결론들을 끌어내는 것도 독자'[7]의 몫인 만큼 결론도 다 다를 수밖에 없다. 더구나 시는 교육을 위한 것도 아니고, 독자들이 '자신에게로 내려가고, 영혼에게 묻고, 자신의 열정적인 추억을 조금이라도 상기하기를 원한다면 시는 그 자체 외에 다른 목적이 없다.'[8]라고 시인이 썼듯이 시는 스스로를 비춰보고 또 자신을 찾기 위한 가장 최상의 방법 중 하나라는 데는 어떤 다른 의견이 있을 수 없다고 생각한다.

역자의 이 작업은 고 앙리 메쇼닉 선생의 디스쿠르(문[文]의 연결체로서의 담화) 연구가 없었으면 불가능한 일이었다고 생각한다. 메쇼닉은 번역학자이다. 다른 나라의 언어를 번역할 때, 단어에서 단어로 그대로 번역하는 것(mot-à-mot)을 중요시했다. 각 나라의 문화와 문학적인 경향

---

7 「마담 보봐리」, 『보들레르 전집』 2권, p.82.
8 「테오필 고티에 I」, 『보들레르 전집』 2권, p.113.

에 따라서 의역이 문학적이고 읽기 수월한 점이 있지만 마찬가지로 작가의 의도나 작가의 작품을 훼손할 수 있다는 점을 우려한 것이다. 역자도 번역을 하면서 의역의 위험과 직역의 거북함을 동시에 경험했다. 그러나 시인의 의도를 훼손하지 않는 범주 안에서 타협점을 찾으려고 노력했음을 이해해주기 바랄 뿐이다.

메쇼닉은 이원론적 사고의 프랑스 사람들에게 벤베니스트를 이어 유일하게 일원론적 사고를 주장했다. 그뿐만 아니라 보들레르가 프랑스 시에 신비한 운율과 리듬이 있다고 주장한 것과 일치하게 프랑스어의 운율과 리듬을 따라서 의미론을 찾는 방법을 제시했다. 메쇼닉은 프랑스 비평가들이 단어에 단위를 두고 있는 것과는 달리 '시구가 한 요소'가 되고 그리고 '시 한 편이, 쓰기가 단위가 되어야 함'[9]을 피력했다. 의미를 파악하려면 당연한 말인데도 프랑스에선 전통과 관습이 다르므로 그의 이론이 특이한 것이 된 것이다.

번역을 하면서 제시할 수 있는 특이점들은 앞서 말한 것과 같은 전제들로 책 전체를 읽는 것이다. 읽으면서 시인의 실제적인 삶과는 다른 시인의 모습에 당황할 수 있고 헷갈릴 수 있는데 앞서 제시한 내용처럼 시인이 그리고 싶은 인물과 자신을 동일시해서 자신의 시들을 썼다고 보면 그 어떤 의구심을 가질 이유가 없다. 간혹 자신의 실질적인 삶 속의 세세한 이야기들을 시로 쓴 것들이 있지만 그로 인해서 그의 시 전체에 모호함의 그림자를 덧씌울 일은 전혀 없는 것이다.

그리고 우리가 눈으로 볼 수 없고 알지 못하는 영혼의 문제들을 시인이 자신의 영혼에 쓰고 있다는 점에서 읽는 데 어려움을 겪을 수 있는데

---

9 앙리 메쇼닉, 『시학을 위하여 4』, 갈리마르, 1977, p.216.

그 점에 대해서는 우리가 모든 글을 육체적인 의미로만 파악한다든지 단어의 다양한 의미를 한 가지로만 편중해서 읽는 데서 문제점을 파악할 수 있다. 따라서 마음을 열고 머릿속에 그림을 그리면서 읽을 필요가 있는 것이다.

이처럼 시인의 뜻에 따라서 시인의 시를 읽으며 우리의 상상력을 펼쳐갈 때, 시인의 시를 나의 이야기인 양, '정신이 창공을 향해 날아오를' 수 있을 것이라고 생각한다.

〈보들레르 초상〉, 펠릭스 나다르, 1855

샤를 보들레르 Charles Baudelaire, 1821~1867

1821.4.9 62세의 아버지, 환속사제, 아마추어 화가, 조제프-프랑수아 보들레르와 대혁명 때 영국으로 망명한 군인의 딸로 일찍이 고아가 되어 아버지의 친구, 역시 환속한 사제, 페리뇽의 양녀로 자란 28세의 어머니, 카롤린 뒤파이 사이에서 『악의 꽃』의 시인 샤를 보들레르 태어나다.

1827 시인이 6세 되던 해 아버지 조제프 프랑수아 사망하다.

1828 보들레르의 어머니, 카롤린 뒤파이 재혼. 상대는 육군소령, 오픽 장군이다.

1832 오픽 장군의 부임지 리옹으로 가서 리옹 왕립중학교에 기숙생으로 입학하다.

1836 파리로 돌아와 명문 중학교 루이 르그랑에 입학하다. 라틴어 시 부문에서 2등에 입상하다.

1839 대학입학 자격시험에 합격하고 법과대학에 입학한다. 성병에 감염되다.

1840 자유롭게 문학청년들과 유대를 맺다. 〈마리옹 들로름〉 공연 후, 위고에게 찬사의 편지를 쓰다. 네르발, 발자크와 같은 작가들을 알게 되다.

1841 그의 무질서한 생활을 알게 된 가족들의 권유로 인도양을 항해하다. 캘커타로 향하던 중 태풍을 만나다. 이때 부르봉섬에서 만났던 오타르 부인을 모델로 「식민지 태생의 한 백인 부인에게」를 쓴다.

1842 성년이 되어 아버지의 유산을 상속하다. 그의 삶과 작품에 많은 영향을 준 잔 뒤발과 만나다.

1843 피모당에 정착하다. 이때 『악의 꽃』에 수록되는 많은 작품들을 쓰다. 익명으로 『시구들』이란 시집에 몇 편의 시들을 발표하다.

1844 유산을 받은 지 2년 만에 그 액수의 절반을 소비하여 22세에 금치산 선고 판결을 받다. 법정 후견인으로 앙셀이 임명되다.

1845 「1845년의 미술비평」을 어머니의 성, 뒤파이란 필명으로 발표하다.

1846 「1846년의 미술비평」 발표하다. 『악의 꽃』의 첫 제목 『레 레지비엔』이 나오다. 『젊은 문학가들에게 주는 권고』 역시 뒤파이란 필명으로 발표하다. 「지옥에 간 동 주앙」 발표하다.

1847 유일한 소설 『라 팡파를로』 발표하다. 여배우 마리 드브령과 만나다.

1848 2월혁명의 시위대에 참가하다. 「살인자의 술」 발표. 에드거 앨런 포의 번역 시작하다.

1850 「교만의 벌」, 「정직한 자들의 술」 발표하다. 『프랑스 시선집』에 「레스보스」와 함께 처음으로 보들레르란 자신의 이름을 밝히다.

1851 「술과 아시슈」, 「우울」, 「무능한 수도승」, 「이상」, 「고양이들」, 「연인들의 죽음」, 「예술가의 죽음」 등을 발표하다. 여의장 사바티에 부인과 만나다.

1852 에드거 앨런 포의 일생과 작품들에 관심을 갖고 번역하다.

1855 『두 세계』 지에 18편의 새로운 시를 『악의 꽃』이란 제목으로 발표하다.

1856 잔과 동거하다. 곧 다시 호텔 생활을 하다. 포의 「이상한 이야기」 성공하다. 출판인 말라시와 만나다.

1857 의붓아버지 오픽 장군이 사망하다. 『악의 꽃』 판매 시작. 부도덕성과 미풍양속을 해친다는 이유로 검찰에 제소되다. 재판에서 6편의 시 삭제와 300 프랑의 벌금에 처해지다.

1858 플로베르 『보봐리 부인』의 서평을 쓰다. 어머니가 거처하는 옹플뢰르 메종 쥬쥬로 가서 어머니 곁에 머물다.
잔과 동거 후 다시 결별하다.

1859 「1859 미술비평」 발표하다.

1860 「인공낙원」 발표하다.

1861 『악의 꽃』 2판에 35편의 시를 보충하다. 바그너 음악회에서 받은 감동으로 바그너의 열렬한 애호가가 되다. 「현대생활의 화가」 발

표하다. 데생 화가 가이스와 만나다.

1862 21편의 산문시를 『라 프레스』 지에 발표하다.
이복형 알퐁소 사망하다. 아카데미 회원에 입후보하나 사회에 대한 실망으로 사퇴하다.

1863 「자정의 점검」이 『라 프레스』 지에 실리다.

1864 브뤼셀에서의 강연 실패하다. 벨기에 사람들의 무심하고 허술한 대처에 실망하여 벨기에에 대한 증오에까지 이르다. 3편의 시를 『소산문시집』이란 제목으로 『라 르티스트』 지에 발표하다.
바로 『파리의 우울』이란 제목으로 6편의 산문시를 『라 누벨 르뷔 드 파리』 지에 발표하다.

1866 15일간의 프랑스 체류 후, 브뤼셀로 돌아오다. 건강의 악화로 마비 상태가 찾아오다. 실어증 증세가 나타나다. 『현대 파르나스』에 새로운 『악의 꽃』 16편을 싣다. 파리로 돌아오다.

1867.8.31 파리에서 사망하다. 몽파르나스 가족묘지에 안장되다.

1868.12. 보들레르 전집 출간되다. 『악의 꽃』 3판 발행되다.

Les Fleurs du Mal

Charles Baudelaire